KB244133

일본.

겨울.

여행.

일본 **겨울** 여행

© 박정배 2010

초판 인쇄	2010년 11월 29일
초판 발행	2010년 12월 6일

글 · 사진	박정배
펴낸이	김정순
책임편집	김경태
디자인	김진영
마케팅	한승일 임정진 박정우

취재협조 일본정부관광국(JNTO) Japan National Tourism Organization

펴낸곳	(주)북하우스 퍼블리셔스
출판등록	1997년 9월 23일 제406-2003-055호

주소	121-840 서울시 마포구 서교동 395-4 선진빌딩 6층
전자우편	editor@bookhouse.co.kr
홈페이지	www.bookhouse.co.kr
전화번호	02-3144-3123
팩스	02-3144-3121

ISBN 978-89-5605-503-9 03810

이 도서의 국립중앙도서관 출판도서목록(CIP)은 e-CIP 홈페이지(http://www.nl.go.kr/cip.php)에서 이용하실 수 있습니다. (CIP제어번호 : CIP2010004329)

북하우스

일본.

겨울.

여행.

박정배 지음

북하우스

7 2 4
2
ワンマン

첫눈은 첫사랑과 같다. 그래서 사람들은 첫눈을 기다린다. 검은 하늘이 며칠 동안 이어지고 찬바람이 불고 사람들의 설렘이 깊어져야 첫눈은 온다. 끝을 상상할 수 없는 서툰 첫사랑을 하듯 사람들은 발그레하게 상기된다. 사람들은 눈을 좋아하고 기다린다. 겨울이 와야 눈이 내리지만 겨울이 왔다고 매일 눈이 내리는 것은 아니다. 그렇기에 눈은 일상의 작은 축제가 된다. 그래서 첫눈이 오면 친구에게 연인에게 가족에게 소식을 전한다.

"첫눈이야."

봄날의 벚꽃처럼, 여름날의 불꽃놀이처럼, 가을날의 단풍처럼, 그렇게 겨울날의 눈이 우리의 일상에 작은 특별함을 선물한다. 대도시의 겨울은 종종 눈다운 눈을 만나지 못하고 봄을 맞기도 한다. 그러면 사람들은 몇 년 전의 눈을 기억 속에서 꺼내 다시 첫눈을 꿈꾼다.

그럴 때마다 나는 일본의 겨울을 꿈꾼다. 눈보다 순결한 영화 〈러브레터〉와 완전한 눈의 나라를 묘사한 소설 『설국』 덕분에 일본의 겨울은 한국 사람들에게도 특별한 곳이 되었다. 깊고 깊은 눈, 그사이를 달리는 기차, 따스한 온천, 오래된 목조 건물에서 그윽한 시간의 향기를 뿜어내는 료칸, 차가운 생맥주와 따끈한 사케, 그리고 눈축제. 일본의 겨울은 우리가 눈에 대해 상상하는 모든 낭만과 그 이상의 것들이 가득한 '영원한 설국'이다. 겨울이면 나는 넓고 깊고 온전한 눈 세상의 유혹을 뿌리칠 수가 없었다. 그래서 겨울이면 나는 일본을 떠돈다.

일상의 권태, 나른함이 켜켜이 쌓여 꼭꼭 눌러담은 쓰레기봉투처럼 더 담기지 않을 무렵, 황금색으로 찬란한 은행잎이 늦가을 소낙비에 날려 바닥을 물들이면 나는 겨울 여행을 준비한다. 나는 조금 비겁하고 소심한 편이어서 일상이 주는 안온함을 쉽게 떨쳐버리지 못한다. 그래서 나의 여행지는 아프리카의 오지나 남미의 고산 지대가 아니다. 이를테면 어디에나 편의점이 있는, 나의 일상과 비슷하거나 조금 다른 공간들이다. 그렇다고 그 여행들이 편하기만 한 것은 아니다. 밥 먹고 걷고 자고 다시 일어나는 같은 일상이라도 거의 매일 다른 잠자리, 다른 음식, 다른 말, 다른 세상을 접하며 보름이고 한 달이고 떠돌다보면 모든 에너지가 소진되는 것을 느낀다. 그러면 비로소 나는 다시 다 비워진 쓰레기봉투가 되는 것이다. 몸은 지쳤으되 마음은 텅 비워져 나의 일상으로 되돌아오는 것이다. 가슴 한편이 좀더 단단해진 채로.

일본의 겨울은 길다. 10월이면 홋카이도의 대지는 가을이 채 가기도 전에 겨울을 맞는다. 첫눈이 대지를 검은색에서 흰색으로 물들이면 이내 대지의 흔적은 찾아볼 수 없는 하얀 세상이 된다. 그렇게 시작된 눈은 겨울 내내 내린다. 홋카이도와 도호쿠와 주부의 눈은 겨우내 하루도 쉬지 않고 내리고 쌓인다. 겨울, 눈을 버티며 눈 속에서 일상을 지키는 사람들의 이야기 때문에 설국에는 아름다움을 넘어 거룩함과 위대함이 있다.

수십 번의 일본 겨울 여행, 그리고 올해 2월 다시 한 달 동안 떠돌아다닌 여행이 내 몸속을 돌다 손끝에서 글로 흘러나왔다. 북알프스의 눈은 겨울에 사람들을 허락하지 않는다. 그래서 그곳은 봄이 돼야 갈 수 있다. 이 년 전에 그곳을 일주일간 돌아본 추억은 너무나 선명해서 '일본 겨울 여행'이라는 큰 틀에 넣었다. 홋카이도와 도호쿠의 지역도 2월 한 달간의 여행이 근간을 이루지만 길게는 칠 년, 짧게는 일 년 건에 돌아본 지역과 기억 들을 기록했다. 그래서 이 책은 연대기가 주를 이루되, 완전한 연대기는 아니다. 우리의 기억이란 시간 순서와 상관없이 강렬한 인상에 압도되어 뒤엉켜 있는 것이므로. 그러니 책을 읽는 당신은 페이지대로 흘러가도 좋겠고 그러지 않아도 좋겠다.

오래된 기억과 새로운 경험이 마치 먼 옛일처럼 아득하고 어제처럼 생생하고 내일처럼 설렌다. 대지에 가득한 눈과 노천온천의 따스함, 겨울 기차의 살가움, 그리고 플랫폼에서 입김을 뿜으며 온몸으로 느낀 '살아 있음'. 글을 마칠 무렵 추위가 시작되고 있었다. 나는 다시 깊은 상상에 빠져들었다.

성에가 낀 창문을 닦으니 창밖으로 눈이 내리고 있다. 그 뒤로 끝도 보이질 않는 눈의 땅이 길게 이어져 있다. 나는 문을 열고 다시 그 설원을 걷고 있다. 뒤를 돌아보니 내 힘겹고 외로운 발자국이 눈에 묻혀 희미하다. 앞을 보니 순결한 눈밭이 곱디고운 살결로 나를 부른다. 난 다시 발을 움직여 그 눈밭에 발자국을 남겼고 발자국은 다시 눈에 덮여 사라졌다. 그러나 다시는 외롭지 않았다.

2010년 11월
겨울이 다시 오는 차가운 날에
박정배

3부 겨.울.의.대.지 — 홋카이도

일러두기

1. 본문에서는 명칭에 담긴 의미를 전달하기 위해 한국식 한자를 사용했고, 여행정보에서는 정보로서의
   실용성을 높이기 위해 일본식 한자를 사용했습니다.

2. 본문에서 인용된 미야자와 겐지와 다자이 오사무의 소설 번역문은 아래의 논문에서 따왔습니다.
   박상은, 「미야자와 겐지의 『은하철도의 밤』에 나타난 우주관」, 영남대 교육대학원 석사학위논문, 2007.
   유승혜, 「다자이 오사무의 『츠가루』 고찰」, 한국외국어대 석사학위논문, 2009.

1부

북알프스와 주부中部

영원한 설국

다.테.야.마

다테야마立山, 그곳은 봄이 되어야 겨울을 볼 수 있는 땅이다. 2천 미터급 준봉들과 3천 미터급 고봉들이 병풍처럼 늘어선 북알프스는 눈이 내리는 겨울에는 그 속살을 보여주는 법이 없다. 다테야마는 그 출발점이자 종착점이다. 5월 초 다테야마의 거리 어디에서든 그 준봉들은 사람들을 부른다. 다테야먀 역에서 나가노長野 현 오기사와扇澤 역을 잇는 90킬로미터의 횡단노선을 사람들은 다테야마 구로베黑部 알펜루트Alpen-route라 부른다.

알펜루트는 한 가지 수단으로 갈 수 없다. 버스와 기차와 케이블카와 도보 등 인간이 땅을 건널 수 있는 모든 수단이 있어야 가능하다. 모든 구간을 통과하는 패스를 구입하는 것이 여행의 시작이다. 여행의 출발지 다테야마 역 구내의 칠판에 백묵으로 쓴 정보들이 가득하다. '6시 현재 날씨 쾌청, 기온 4도, 시계

양호, 눈의 대계곡 13미터', 간단하고 명료한 정보들은 사람들의 출입을 위한 가장 중요한 기준이다. 다테야마 역에서 중간 기착지인 비조다이라 美女平 역까지는 다테야마 케이블카가 운행한다. 29도나 되는 엄청난 경사면을 케이블카는 땅에 붙어 오른다. 직선으로 이어진 길을 오르자 노인들은 젊은이들처럼 즐겁고 젊은이들은 어린아이들처럼 들뜬 분위기가 케이블카에 가득하다.

역 앞은 평평한 땅이다. 이곳이 역이 된 이유다. 칠 분 만에 고도가 977미터로 높아진 비조다이라 역 앞에 커다란 삼나무 두 그루가 비조스기 美女杉란 이름을 얻고 눈이 가득한 산을 향해 서 있다. 세월을 두른 거대한 몸집과 달리 두 자매의 전설이 깃든 나무다. 이곳에서 일본에서 가장 높은 역인 무로도 室堂 역으로 가는 길은 삼나무의 숲이다. 버스는 대개 하이브리드 버스가 운행된다. 버스는 출발하자마자 커브와 직면한다. 커브의 바깥에는 고목들이 촘촘하게 들어서 있다. 천 년이 넘은 삼나무도 있다. 좌측 너머 거대한 계곡 사이로 일본 최대의 폭포 쇼묘 稱名. 매초 3톤의 물이 350미터의 긴 낙하를 감행한다. 계곡의 끝 평평한 눈의 땅에서 폭포가 시작된다. 사람들이 넋이 나간다.

잠시 멈춘 차가 다시 언덕을 오르자 눈이 가득하다. 눈 위로 바람이 쓸고 간 흔적이 문신처럼 선명하다. 작은 나무들은 거센 바람에 산발한 여인네의 머리처럼 흩어지고 휘어지고 꺾여 있다. 그 눈밭 속에 삼나무만이 꼿꼿하게 서 있다. 5월 중순인데 봄은 아직 멀다. 겨울이면 영하 30도가 넘는 혹한과 혹한보다 더 힘든 바람을 견뎌야 살아남는다. 어린 삼나무들은 눈의 무게가 버겁고 바람이 견디기 힘들다. 어린 나무들 중에서 겨울을 버텨 살아남는 것들은 많지 않다. 살

아남은 나무들은 천 년을 간다. 차가 2천 미터를 넘어서자 눈의 고원이 길고 넓게 펼쳐진다. 그 위로 선명한 다저블루의 파란색 하늘이 선명하다. 다큐멘터리에서 보던 고산의 풍경이 오랫동안 펼쳐진다.

그리고 문득 눈의 대계곡이 나타난다. 13미터가 넘는 거대한 눈의 계곡 밑으로 버스와 사람들이 까마득하다. 4월 초 20미터 정도인 이곳의 눈이 더 쌓이는 날보다 녹아내리는 날이 많아지면 눈 계곡이 만들어진다. GPS로 길의 위치를 파악해 중장비로 길을 만들어내는 것이다. 눈의 장벽 속에서 하늘을 보는 느낌은 특별하고 각별하다. 산 위에서 스키를 타던 사람들이 종종 이 터널로 떨어져 죽는 경우도 있다. 그 높은 산에서 스키어와 스노보더들이 자연설의 슬로핑을 감행한다. 용감하거나 무심한 사람들이다.

장엄한 터널을 지나면 2450미터에 위치한 무로도 역이 나온다. 무로도 역 위로 비와신들이 눈늘을 이고 준열히 서 있다. 다테야마 3산이라 불리는 산들과 일본을 대표하는 바위산 쓰루기다케劍岳의 모습까지 정말 숨이 턱턱 막힐 정도다. 그리고 그 밑으로는 고원지대가 거대한 눈을 품은 채 광활하다. 햇살이 눈들을 녹이고 있지만 7월의 불꽃같은 폭염이라야 온전히 이 눈들을 녹일 수 있다.

무로도 휴게실 안에 사람들이 줄을 서 있는 곳이 있다. 다테야먀 산정 간이 우체국이다. 일본에서 가장 높은 곳에 위치한 우체국에서 편지를 보내거나 소인인 찍힌 엽서를 살 수 있기 때문이다. 천국에서 보내는 기분이 들까? '별의 물방울'이라는 낭만적인 이름의 과자도 유별나다. 눈처럼 하얀 밀크 파우더로 감싼 아몬드가 달콤하다. 식당에서는 산채와 해산물 정식이 배를 채워준다. 모든

음식은 산 밑에서 조리해서 올라온 후
남은 찌꺼기도 그대로 산 밑으로 가져
간다. 어떤 쓰레기도 이곳에서는 용납
되지 않는다. 담배를 피우다가는 엄청
난 벌금을 각오해야 한다. 청청지역이
란 말은 이곳을 위해 만들어진 말이다.

휴게소에서부터 산 쪽으로는 트레
킹의 길이다. 눈과 화산호수와 고산식
물이 연출하는 장엄미사를 참배할 수
있는 순결한 길이다. 눈의 장엄미사를

마친 후 반대쪽으로 이동이 시작된다. 다테야마 터널트롤버스는 터널을 달린다.
다테야마 준봉 밑에 난 길을 따라 십 분, 준봉의 끝 낭떠러지에 있는 다이칸보 大
觀峰 역이다. 2316미터, 이곳은 거대한 구로베 호수와 장대한 산맥들을 밑으로
깔고 있다. 그 거대한 산 위를 로프웨이가 운행된다. 현기증이 난다. 거대한 산
과 눈, 산의 중간에 있는 눈들은 때때로 덮친 산사태의 흔적을 고스란히 남기고
있다.

구로베 댐에 도착했다. 거대한 댐을 위해 천만 명이 동원됐다. 77명의 사
람들이 목숨을 잃었다. 해발 1470미터에 위치한 186미터의 댐 밑이 아득하다.
그 안에 초록의 깊은 구로베 호수가 고요하다. 거대한 산의 눈들이 녹아 거대한
물이 되어 모여 있다. 댐 위를 걸으면 잔잔한 호수와 직벽 사이를 외줄로 가는

느낌이 든다. 자연과 그 자연을 이용하고자 하는 인간의 대결 혹은 만남, 거룩하다. 알펜루트는 아직 끝나지 않았지만 구로베 댐은 광활함의 종착지이다. 구로베 댐은 5월다운 따스함을 가졌다. 산 위에 펼쳐져 있는 눈의 궁전은 전설처럼 아련하다. 일행들과 소프트아이스크림을 먹으며 구로베 댐과 눈이 가득한 산들을 바라본다. 조금 더 행복해진다.

구로베협곡열차

호텔 창을 여니 도야마 富山 성이 조명을 받아 보석처럼 반짝거린다, 저녁 내내 먹은 손톱만 안 오징어가 몸속에서 여전히 긴 여운을 남긴다. 형광으로 발광하는 작은 오징어가 내 몸을 밝히는 걸까, 창밖의 현란한 경치 때문일까, 쉬 잠이 오지 않았다.

잠을 설친 아침 창문 너머로 도야마 성이 연극이 끝난 무대처럼 고요하다. 그 먼 너머로 눈의 산들이 길고 높다. 북알프스의 도야마 연봉들이다. 파란 하늘과 하얀 산들이 달력의 사진처럼 선명하다. 도야마는 노면전차의 도시다. 천천히 선로를 따라 달리는 노면전차를 타고 도야마 역으로 간다. 일본 최고의 구로베 협곡열차를 타기 위해서는 전철 도야마 역에서 도야마 지방철도본선을 타야 한다.

한 시간 삼십 분, 올망졸망한 건물들이 늘어선 길 한가운데 위치한 JR 우나

즈키宇奈月 역이 나온다. 그곳에서 도보로 오 분, 넓은 주차장이 도야마의 연봉들

과 거센 계곡들을 마주보고 있다. 구로베 협곡열차의 출발역인 도롯코우나즈키

トロッコ宇奈月 역이다. 역 위로 자홍색 철교가 위태롭다. 그 위를 장난감 같은 도

롯코 열차가 지난다. 역시 위태롭다. 구로베 댐을 지을 때 만들어진 좁고 긴 열

차는 이제 일본 최고의 관광열차가 되었다. 창문이 모두 개방되어 자연을 직접

호흡할 수 있다. 협궤와 저속, 개방형 구조의 작은 기차는 놀이동산의 장난감

기차처럼 보인다. 아이에서 노인까지 이내 동심이 된다.

기차는 역을 떠나자마자 곧장 그 위태로운 다리, 신야마비코바시新山彦橋를

건넌다. 다리를 건너자 계곡이 조용해진다. 댐이 물을 막고 있는 것이다. 깊이

때문인지 눈과 함께 다른 것이 섞였는지 물은 깊은 옥색이다. 물의 경계는 급하

고 높은 산들의 연속이다. 나무도 산을 따라 급하게 이어지고 높게 이어진다.

그 경계를 따라 기차가 달린다. 쇠바퀴의 굉음을 막을 것이 없다. 고요한 호수

와 깊고 푸른 산의 적막이 굉음을 더욱 증폭시킨다. 한낮의 강한 햇살은 호수와

직접적으로 만나지만 숲을 온전히 지배하지는 못한다. 빽빽하고 커다란 나무 사

이로 빛이 조금씩 드는 탓에 기찻길은 시원하고 어둡다. 호수가 끝나는 지점, 급

한 산만큼 급한 계곡을 따라 물이 거세다. 기차가 급한 산의 허리를 돌아서 올라

가는 탓에 계곡 너머로 계곡, 나무 너머 나무, 물 너머 물이 나타나고 사라진다.

첩첩산중, 첩첩계곡, 첩첩수목이다. 산으로 오를수록 나무들은 더욱 빽빽하게

몰려 있다. 약간의 빈자리는 풀이 메우고 있어 숲과 산은 하나처럼 보인다. 거

친 계곡의 거친 물살들은 중간에 있는 작은 댐들이 달랜다. 고요함과 격함이 지배하는 계곡은 현란하다. 오직 이 모습을 볼 수 있는 곳은 이 작은 기차뿐이다.

협곡의 중간 가네쓰리鐘釣 역, 맑은 하늘에 하얀 구름이 가득 몰려온다. 역 옆으로 눈 녹은 물이 계곡을 따라 세차다. 사람들의 시선이 계곡이 아닌 산을 향해 있다. 흙과 돌이 부서져 섞여 분간하기 힘든 산 위로 눈이 정상을 향해 뻗어 있다. 만년설이다. 만년설은 순결하지 않다. 눈 위에 눈, 그 위에 비, 그 위로 흙과 바람과 시간이 켜켜이 쌓여 있기 때문이다. 흙 같은 두툼한 눈이다. 일 년을 버티면 만 년을 버틸 수 있다. 만 년을 버틴 눈은 여전하고 일 년을 못 버틴 눈은 녹아 계곡으로 흘러 탁한 옥색의 물이 된다. 좁고 구부러진 계곡을 따라 기찻길이 있다. 그곳을 가는 기차는 로봇뱀처럼 잘게 나뉜 칸으로 되어 있다. 객차와 객차 사이는 유연하게 휘어진다. 붉은색 기차는 가을 단풍 같다 묽은 봄의 묽이다. 숲은 울창한 여름이다. 그리고 아직 녹지 않은 겨울의 눈들과 만 년 동안 녹지 않은 만년설이 있다. 봄 여름 가을 겨울, 그리고 봄은 이곳에서도 영원하다.

계절의 반복 속에 어느덧 기차는 종착역 게야키다이라欅平 역에 도착한다. 산으로 오를수록 물이 적어져야 하는데 이곳은 정반대다. 게야키다이라 역 주변의 계곡은 그야말로 물이 지배한다. 거세고 탁한 물이 바람처럼 쏟아진다. 협곡이란 말의 실체를 실감할 수 있는 곳이다. 거센 물의 계곡을 따라 내려오는 길, 객차마다 사람들을 태운 도롯코 열차가 오른다. 반복되는 경치가 여전히 새롭다.

우나즈키 역 주변은 우나즈키 온천이 둘러싸고 있다. 눈의 물이 아니라 땅

의 물은 온천이 되어 솟아오른다. 불과 물이 공존하는 원시의 땅이다. 우나즈키 온천, 넓어진 계곡 사이로 물이 얌전하게 흐른다. 물들 사이를 산들이 늘어서고 반쯤 걸린 하늘에 노을이 진다. 이곳에도 밤은 어김없이 찾아온다.

취재를 위해 모인 카메라맨과 안내인 그리고 몇몇이 모여 식사를 했다. 커다란 방이 우리를 위해 마련되었다. 이곳의 오카미女將, 여주인는 유명하다. 일대에서는 '폭탄주 오카미'로 불리는 괄괄하고 활달한 삼십대 여자다. 료칸旅館, 일본식 전통여관의 이자카야는 개인상이 나온다. 그 위에 정해진 순서에 따라 음식이 나오고 오카미와 종업원들이 옆에서 술을 따라주고 음식을 날라준다. 가이세

키會席, 한국의 한정식에 해당하는 요리의 어원인 '회식', 모여서 먹는다는 말 그대로이다. 일본인들은 이렇게 관광을 하고 온천을 하고 다시 모여 저녁을 먹으며 술을 먹는 것을 최고의 낙으로 친다. 온천지대에 별다른 유흥 시설이 없는 것은 이런 이유다. 일본인들은 료칸에서 모든 것을 해결한다. 가이세키에 맥주와 사케가 곁들여지고 그 유명한 폭탄주도 한 잔씩, 여행은 도반道伴에 따라 다른 것이 보이고 경험된다. 같이 있는 것이 보통은 즐겁다.

가미코지

신들의 땅 가미코지上高地에는 버스만 다닌다. 땅의 더럽혀짐을 방지하기 위한 인간들의 약속이다. 버스로 가미코지 가는 길, 거대한 산에 난 좁은 도로가 꽉 막혀 있다. 이 산에 무슨 교통체증, 십 분 뒤 버스가 출발하자 기사가 안내방송을 한다. 두 시간 전에 도로로 돌들이 굴러들어와 사람들이 다쳤다는 것이다. 도로 한편으로 무너져내린 돌들과 구조대의 모습이 보인다. 원시의 모습이 고스란히 남아 있는 가미코지는 깊은 산 위에 있다. 화산 폭발로 생긴 10킬로미터에 이르는 거대한 계곡은 넓고 평탄하다. 1500미터의 높은 곳에 호수와 물과 원시림과 설산이 있는 곳, 그곳은 원시의 땅이다. 겨울이면 눈으로 완전하게 지배되는 이곳은 사람이 다닐 수 없다. 4월이 되어야 가미코지는 사람들을 허락하고 11월이 되면 사람들을 끊는다.

산을 넘자 평탄한 계곡이 거짓말처럼 나타난다. '높은 땅'이란 뜻의 가미 코지라는 지명이 그대로 드러나는 땅이다. 평탄한 땅을 흐르는 물은 호수처럼 잔잔하다. 1915년 아케다케燒岳 화산 대폭발이 있었을 때 거대한 토사가 가미 코지를 흐르는 아즈사가와梓川를 막아 생긴 연못 다이쇼이케大正池이다. 그 너머 로 마블링같이 군데군데 하얀 눈을 간직한 험한 호타카穗高 연봉이 맑은 물에 자 신의 모습을 자화상처럼 비춘다. 화가 한 명이 그 모습을 수채화로 투명하게 화 폭에 담는다. 물처럼 하늘처럼 평온해지는 땅이다. 너무나 비일상적인 모습에 오히려 마음이 편해진다.

다시 사람들을 태운 버스가 물을 따라 오른다. 물이 점점 거칠어진다. 가미 코지 버스센터, 버스는 모두 이곳에 멈춘다. 이제부터는 사람의 발로 움직여야

한다. 이곳은 일본 최고의 트레킹 지역이다. 평탄한 땅과 거친 산들이 공존하는 이곳은 그래서 노인들과 산악인들이 함께 걷는 땅이다. 수많은 일본의 산악원정대가 훈련을 하는 곳이기도 하다.

갓파바시河童橋는 트레킹의 출발점이다. 갓파바시 다리 위에 서서 보면 투명하고 맑고 거센 물이 아래로 흐르고 평탄한 계곡을 따라 늘어선 원시의 나무들과 그 너머로 눈 덮인 검은 산이 파란 하늘 밑에 완벽하게 조화를 이루며 서 있다. 니시호타카다케西穗高岳, 오쿠호타카다케奧穗高岳, 마에호타카다케前穗高岳, 묘진다케明神岳 등 3천 미터가 넘는 북알프스의 연봉들도 이곳에서는 순해 보인다. 풍경화를 구성하는 요소들이 모두 한자리에 모인 듯한 완벽함은 영국 화가 터너의 완전한 풍경화처럼 사실적이고 이상적이다.

다리를 지나 평탄한 길을 조금 걷자 이내 나무가 굵고 높다. 그 위를 원숭이 가족이 오르내린다. 빤히 쳐다보는 원숭이를 지나 길을 지나자 원시의 습지가 모습을 보인다. 습지에 누운 고목들 위로 원앙이 쉬고 있다. 물속에 서 있는 나무와 풀. 손대지 않은 오랜 자연만이 보여줄 수 있는 비대칭적 모습. 나무로 된 산책길을 습지 위로 만들어놓았다. 한 시간 동안 이어지는 원시의 땅을 지나자 넓은 개울과 개울만큼 넓은 땅이 나온다. 학생들이 그 개울가에 깨알같이 모여 있다.

　그 반대편 가미코지에서도 가장 아름다운 호수로 알려진 묘진이케明神池로 걸음을 옮긴다. 습지보다 물이 조금 많은 호수다. 잔잔한 물, 나룻배, 원시의 나무와 새 그리고 산, 모두가 제자리를 잡고 고요하다. 살랑거리는 바람이 불자 물결이 바람 따라 잔 파문을 만든다. 그래서 더 고요하다. 작은 호수 주변으로 다 자란 나무들과 죽은 나무들과 어린 나무들이 각자의 운명대로 서 있거나 누워 있다. 호수는 맑고 잔잔하고 주변에 들어선 나무는 크고 어둡다. 어미 물오리 주변에 함대처럼 모인 여덟 마리의 새끼 물오리들이 잔잔한 물살을 유영한다. 햇살도 물살도 물오리들도 평안한 오후를 맞은 날이다.

나가타 新潟 는 물의 땅이다. 동해에서 불어오는 거센 바람은 니가타의 미쿠니 三國 산맥을 넘지 못한다. 바람이 넘지 못하니 구름도 넘지 못한다. 겨울이면 산을 넘지 못한 구름은 눈이 되어 내린다. 니가타 현은 물론 니가타 현의 현도인 니가타 시도 그 눈을 피해가지 못한다. 예년보다 적게 내린 눈 탓에 2월 초의 니가타 시내는 돌아보기에 그다지 불편하지 않았다.

니가타는 겨우내 내린 눈이 충분히 쌓이는 밭의 땅이다. 일본에서 가장 유명한 쌀인 '고시히카리 越光' 는 니가타에서 탄생했다. 니가타 시는 눈이 녹은 물을 품고 있다. 니가타 시내를 흐르는 시나노가와 信農川 는 일본에서 가장 긴 강이다. 도시는 시나노가와의 끝 줄기에 위치한 탓에 넓은 강줄기에 의해 갈라지고 반다이바시 萬代橋 라는 긴 다리로 이어진다. 산과 밭과 도시를 휘감아 달려온 물은 동해 바다를 향해 있다. 그래서 니가타를 둘러보는 것은 물을 둘러보는 것과 같다. 니가타는 유명세에 비해 특별한 관광지가 없는 곳이다. 어디를 가도 평범하지 않은 풍광이지만 비범하지도 않은 경치 때문에 참으로 애매한 곳이다.

날이 맑았다. 일행들과 니가타 해변을 둘러보기로 했다. 니가타 시내를 하루 동안 돌아볼 수 있는 버스패스를 사서 버스를 타니 삼십여 분 만에 바다가 나온다. 하늘은 푸르고 높고 바다는 잔잔하고 파랗다. 작은 모래사장 위로 파도와 바람이 따스하고 신선한 것들을 몸에 전달한다. 바위 앞 작은 쓰레기들 속에 한국 상표가 선명하다. 니가타는 한반도와 마주보고 있는 땅이다. 북한과 가장 가까운 탓에 그 유명한 북송선 만경봉 호가 운행되던 항구이기도 하다.

오전의 짧은 시간이 주어진 일행들은 바다를 둘러보다 해변가 작은 식당에서 '아점'을 해결하기로 했다. 아무도 없는 비교적 큰 바닷가 식당에 사람들이 들어서자 소란함이 가득 찬다. 라멘과 교자를 자신있어한다. 교자와 함께 생맥주 한 잔씩을 시켰다. 크림 같은 거품, 방울이 보글보글 올라오는 황금색 맥주를 한 모금 마시자 홉의 달콤쌉싸름한 맛이 카푸치노처럼 부드럽고 밀도 높은 거품 속에서 사람의 온 신경을 자극한다. 직접 만든 교자, 피부터 남다르게 아삭하다.

니가타 사람들은 비범하지 않은 볼거리 대신 특별한 먹거리를 자랑한다. 니가타에서 며칠 동안 있어본 사람들은 누구나 그 말에 동의한다. 이름 없는 평범한 식당에서 먹는 음식이 가장 맛있는 곳이 니가타이다. 한국의 남도, 작은 식당들처럼 이곳의 식당들도 어디든 맛있다. 그중 사케와 스시 그리고 소바의 맛

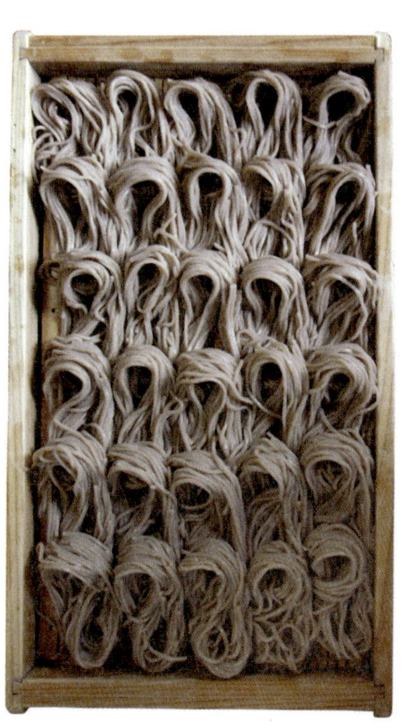

은 각별하다. 돌돌 말린 헤기소바헤기へ출란 소바를 담는 넓적한 나무상자를 말한다와 최고의 쌀과 해산물로 만든 스시도 어디에서든 맛있지만 역시 니가타를 대표하는 먹거리를 들라면 니가타 사케를 빼놓을 수 없다. 사케는 물과 쌀과 효모와 효소로 만든다. 니가타는 천혜의 조건을 갖춘 곳이다.

패전 후 극심한 쌀 부족에 시달리던 일본의 사케 시장은 화학성분과 단맛이 나는 사케가 지배했다. 좋은 술을 그리워하던 사람들 앞에 1960년대 고시노간 파이越の寒梅라는 사케가 혜성처럼 등장했다. 물과 쌀과 효모와 효소로만 만든 순수하고 '단레이淡麗' 한담백하고 깨끗한 사케는 금방 사람들의 입과 뇌와 심장을

사로잡았다. 꿈의 사케라 불리는 고시노간파이의 데뷔는 니가타 사케를 일약 사케의 보르도, 사케의 부르고뉴로 바꾸어놓았다. 구보타 久保田, 핫카이산 八海山, 기쿠스이 菊水 같은 유명 사케들이 속속 알려지면서 전국적인 명성을 얻었다. 니가타 사케는 니가타와 정확하게 같은 맛을 낸다. 물의 땅처럼 담백하고 덤덤한 니가타 사케 브랜드 중에 조젠미즈노고토시 上善如水가 있다. '좋은 사케는 물과 같다'는 뜻으로 쓰인단다.

일행들과 헤어져 홀로 길을 나섰다. 묘한 여행이었다. 눈을 좇는 여행은 일상과 비일상, 친숙함과 낯섦, 만남과 이별을 계속해서 반복하고 있었다.

에치고유자와

건널목에서 기차가 지나갔다. 기차의 무심한 바퀴 소리에 기억들이 상상과 겹쳐져 스크린처럼 선명하게 떠올랐다 사라졌다. 기차가 건널목에서 사라지면 내가 설국의 무대 속에 들어와 있을 것만 같았다. 사 년 전에 이곳 에치고유자와越後湯澤에 왔을 때 했던 상상이었다. 정말 아무런 기억도 없었는데 같은 상황에서 같은 상상이 떠올랐다. 마치 사 년 전에 그 일이 실제 있었던 것같이 생생하다. '잃어버린 시간' 들이 러시아 인형 마트료시카처럼 한 꺼풀 벗기면 그 안에 연결된 다른 기억들로 오밀조밀 끝도 없이 이어졌다.

국경의 긴 터널을 지나자 설국이었다. 밤의 밑바닥까지 하얘졌다.

けんしん

おみやげなら 駒子雪本舗
湯沢の銘酒
上善如水
お食事処 菊新
そば・うどん・コシヒカリ
リゾートマンション
株式会社ひまわり湯沢店
www.himawari.com
宝屋ビル
www.himawari-vita.com
リゾートマ
株式会社ひま
HIMAWARI

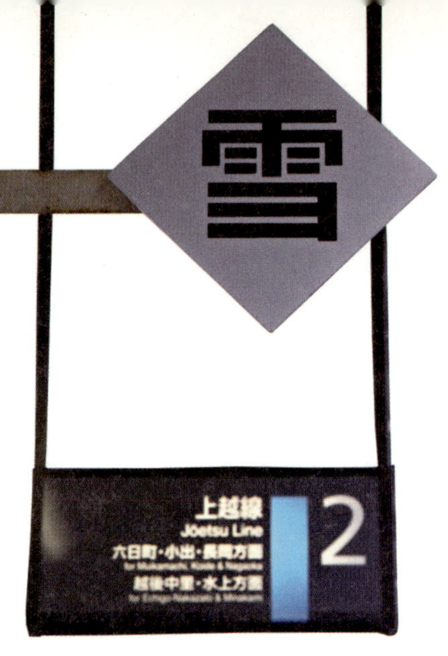

가와바타 야스나리 川端康成에게 노벨문학상을 안긴 『설국 雪國』은 이렇게 시작되고 이렇게 완성된다. 묘사는 완벽하다. 도쿄에서 니가타로 가는 높고 가파른 길에는 신칸센이 다닌다. 에치고유자와를 지날 때 신칸센은 이름만 남는다. 거대한 자연 앞에 신칸센도 속도를 낼 수가 없기 때문이다. 그리고 거대한 터널 그 끝에 위치한 에치고유자와, 그곳은 여전히 설국이었다. 이 깊고 깊은 산속 마을도 신칸센이 운행되면서 거대한 유리 역사 驛舍를 갖게 되었다. 거대한 역사 안에는 역사 온천과 니가타의 사케를 전부 전시하고 파는 고시노무로 越の室가 있다. 90여 개 넘는 니가타 양조장의 사케들을 모두 마셔볼 수 있기 때문에 니가타 사케를 맛볼 수 있는 최적의 공간이다.

오랫동안 사케는 교토와 오사카 지방이 전국을 제패했다. 2차대전 후 물자 부족으로 사케는 감미료와 합성품이 판치는 달고 이상한 음료로 변해갔다. 1960년대 중반 니가타의 '고시노간파이'가 잡지에 소개됐다. 사케의 혁명이 시작된 순간이었다. 이후 사람들은 사케 본연의 맛을 되찾았다. 일본 음식의 본질인 재료의 맛에 충실한 음식에 대한 인식이 담백한 고시노간파이와 맞아 떨어지면서 일순간 모든 것이 변해갔다. '좋은 술은 물과 같다'라는 말도 번져갔다.

그렇게 니가타는 '레알' 사케의 중심에 자리잡았다. 그 담백하고 덤덤한, 그래서 소스가 거의 없는 재료 본연의 맛을 중시하는 일본 음식과의 오랜 밀월이 시작된 것이다. 니가타는 그런 땅이다. 눈이 많고 그 눈이 물이 되고 비옥한 땅이 되고 청정한 공기가 되어 깨끗한 사케를 만드는 곳, '설국'은 그냥 생긴 말이 아니다.

가와바타 야스나리의 소설 속 료칸은 실제 존재한다. 게이샤와 연애를 하면서 글을 쓰던 다카한半高료칸은 역에서 멀지 않다. 햇살이 드는 날 창가에 놓인, 가와바타 야스나리가 사용하던 책상 위로 빛이 가득하다. '료칸 설국'이라고 쓰인 온천장의 모습이 어쩐지 어색하지만 이곳에서는 소설 속 설국의 마지막 모습, 눈 속에서 불타오르는 마을의 모습이 한눈에 잡힌다. 눈처럼 희고 불처럼 붉은 역으로 돌아와 남는 시간 길을 걷는다. 사람들이 거의 없는 거리는 쓸쓸하다. 사람이 없기는 마찬가지인 역 플랫폼에 서서 도쿄 방면으로 가는 조에쓰센上越線을 기다린다. 플랫폼 천장에 설雪 자가 눈 모양으로 달려 있다. 눈을 보란 뜻인지 눈을 조심하란 뜻인지 도통 알 수 없다. 기관사가 핸드 브레이크를 들고 나타났다. 그는 그 브레이크로 우리들을 또다른 설국으로 안내할 것이다. 기차는 이내 출발했다. 눈이 가득한 세상이 오랫동안 이어졌다.

에치고유자와에서
구사쓰 가는 기차

에치고유자와에서 미나카미水上 역으로 가는 보통기차를 탔다. 이곳은 말 그대로 설국이다. 기찻길에도 그 옆에도 눈에 눈, 길에 길이 끝없이 이어지고 끊어진다. 몇 미터가 넘는 철로변의 거대한 눈의 성찬에 심장이 쿵쾅거린다. 그렇게 많은 눈을 봤지만 이렇게 거대한 눈의 도열은 처음 보았다. 파란 하늘이 눈을 반사해 눈은 더욱 빛난다. 눈 너머로 멀리 산들이 보인다. 산의 경계는 나무들의 도열로 구분된다. 갑자기 터널이 하얀 세상을 완전한 어둠으로 바꾸었다. 길고 검은 터널은 거대한 원을 그리며 고도를 낮추었다. 긴 터널을 지나자 날씨가 완전하게 달라져 있다. 구름 한 점 없던 파란 하늘이 잿빛 하늘로 바뀌었다. 눈은 현저히 낮아졌다. 경치가 평범해지자 보통기차는 그야말로 보통의 일상으로 사람들을 돌려놓았다. 보통기차의 일상은 나른하다. 스팀에서 새어나오는 온기의 따스함과 정기적으로 덜컹거리는 기차바퀴 소리는 자장가처럼 편안하다. 이 나른함을 견디기는 쉽지 않다. 객차 안에 있는 네 명의 승객 중 두 명이 혼곤한 잠에 빠져들었다.

시부카와澁川 역에 도착했다. 구사쓰草津로 가는 기차로 갈아타야 하는 시간은 단 이 분. 전속력으로 구사쓰 행 기차 플랫폼을 향해 달렸다. 플랫폼에 학생들이 가득하다. 멀리서 오렌지색으로 예쁘게 단장했지만 낡은 쇠의 몸통을 숨길 방법이 없는 늙은 소 같은 기차가 들어왔다.

이미 학생들이 가득하다. 평일 오후 기차는 학생들의 일상을 책임지는 소처럼 우직해 보인다. 은퇴를 앞둔 소의 워낭소리 같은 기적이 울렸다. 기차는 소처럼 천천히 움직였다. 자거나 떠들거나 문제지를 풀거나 창밖을 보거나, 학생들은 같은 기차 안이지만 온전히 혼자로서 행동한다. 슬쩍슬쩍 사진을 찍는 나를 쳐다본다. 나는 그들의 일상이 신기하고 그들은 자신들의 일상에 들어온 이방인이 재미있다. 이곳의 기찻길은 평범하고 평탄하다. 그저 평범한 계곡을 따라 기차는 나아가고 선다. 학생들이 내리고 탄다. 지방의 작은 역들을 달리는 일본의 기차들은 사람들이 문을 직접 열고 내린다. 문 앞의 작은 버튼을 누르면 문이 열린다. 출발 전 문은 자동으로 닫힌다. 언제나 일상은 환경을 규정한다.

고바라鄕原 역에 도착하기 오 분 전부터 눈도 별로 없는 길 옆 나무에 눈꽃이 피었다. 고산에서 만들어지는 눈꽃, 나는 평온한 일상의 모습 때문에 이곳의 높은 고도를 잊고 있었다. 눈꽃으로 가득한 작은 산은 수묵화처럼 비현실적인 모습을 하고 있다. 그 하얗고 빛나는 산 위로 하얀 구름이 하늘을 떠나 내려앉았

다. 산들이 보였다가 사라졌다. 〈몽유도원도〉를 그린 안견이 꿈에서 이런 경치를 보았을까? 구름과 눈의 경계가 불분명해졌다. 내가 보는 것이 꿈처럼 선명하고 꿈처럼 희미해졌다. 내가 지금 보고 있는 게 진짜인지도 불분명했다. 난 도대체 무엇을 보고 무엇을 기억하는가? 내가 본 것은 진짜일까 가짜일까, 평온한 일상이 순식간에 꿈처럼 변한 것은 내 마음이 변해서일까? 달리의 이상한 그림 속으로 기차가 달려가는 느낌이었다. 아득했다.

기차 안이 밝아졌다. 어둠이 본격적으로 내리기 시작한 것이다. 기차가 나무들과 가까워졌다. 자세히 보니 눈꽃이 아니라 솜사탕 같은 눈들이 탐스럽게 나무에 붙어 있다. 얼마 전에 내린 함박눈이 갑자기 내려간 온도 때문에 나무에 온전히 붙어 있는 듯했다. 어두운 대지 위에 눈의 나무들이 더욱 도드라져 보인다. 차창으로 기차 안의 밝은 불빛과 대지의 하얀 눈들이 겹친다. 그 유리창으로 사람들의 모습이 또 겹친다. 마지막 어둠이 새은 파랗다. 하늘이 퍼래지지 눈도 나무도 파랗다. '투명에 가까운 블루' 같은 파란 하늘은 짧게 대지를 물들이다 어둠 속으로 물러갔다. 어둠이 온전하게 세상을 지배할 무렵 기차가 나가노바라쿠사쓰구치長野原草津口 역에 도착했다.

역사 앞에 넓은 광장이 없다. 플랫폼처럼 역사 옆으로 길게 이어진 광장은 일본에서도 드문 광경이다. 긴 역 광장의 끝, 추위에 떨듯 털털털거리는 엔진소리와 증기를 뿜는 버스 한 대가 노란빛이 따스한 버스 안으로 사람들을 빨아들인다. 구사쓰로 가는 버스다.

구사쓰로 들어가는 내내 난 조금 우울해졌다. 생활의 일탈을 꿈꾸는 일본

여행에서 반복되는 생활의 일상을 발견한 것이다. 버스는 검은 길만을 비추며 달린다. 전모는 알 수 없지만 버스의 느린 속도와 커다란 커브의 연속 때문에 깊은 산속으로 산속으로 달려가고 있는 것만은 확실했다. 구사쓰 버스정류장 앞에 야마모토칸山本館료칸으로 가는 일행을 데리러 온 작은 미니버스가 나와 있었다. 일본 전통의 옷을 차려 입은 넉살 좋은 아저씨 덕에 기분이 조금 좋아졌다. 육십대의 노부부가 버스에 동승했다. 몇 년 만에 와본다는 노부부는 나와 달리 매우 들떠 있었다.

구 사 쓰 1

버스로 삼 분, 온천의 중앙에 버스가 다다르자 온천밭이라는 유바다케 湯畑에서

내뿜는 수증기가 검은 대지를 때때로 침범했고, 잠시 동안 약간의 빛을 냈다가

이내 사라졌다. 그 광장 앞에 야마모토칸 山本館이 마치 일본 성의 중심 건물인

천수각 天守閣처럼 존재감을 드러내고 서 있다. 검은색 나무로 된 3층 건물이 주

는 존재감은 각별하다.

유리로 된 미닫이문을 열자 번들번들한 현관 마루가 냉기를 뿜는다. 초등학교 시절 나무 마룻바닥을 광내기 위해 왁스로 칠하고 걸레질을 할 때의 느낌이 살아났다. 아침 일찍 학교에 나가면 나는 번들거리는 복도가 너무 멋져 보였다. 복도를 볼 때마다 서늘함이 느껴졌다. 그러나 그 서늘함이 싫지는 않았다. 일본의 전통 온천장들은 모두 이런 서늘함을 품고 있다. 온천장의 따스한 이미지와 상반되는 이런 공간이 오히려 온천의 따스함을 배가시킨다.

오카미와 인사를 나누고 그를 따라 좁고 긴 나무 계단을 올라 2층 끝 방으로 안내되었다. 가부키歌舞伎나 노能에 등장하는 인물들같이 정형화된 오카미의 인사와 소개가 통과의례처럼 지나가고 커다란 방에 나만 홀로 남았다. 방 이름은 '사비寂'다. 고요함. 고요하고 쓸쓸한 혼자의 여행에 너무나 어울리는 명칭이다.

사람마다 여행의 스타일이 있다. 나는 혼자 다니는 쓸쓸한 여행을 즐긴다. 평상시에 사람들과 어울리기 좋아하는 성격 때문인지 여행에서의 외로움은 깊은 우물 속의 검고 맑은 물에 비친 내 모습을 가만히 바라보는 것같이 생소하지만 향그럽다. 혼자 온전하고 엄숙하게 자신을 바라다볼 수 있는 절대 고독의 순간. 맑은 물이 나오는 깊은 우물은 맑은 물향이 난다. 그곳에 두레박을 내리면 물살을 타고 물냄새가 올라왔다. 수박 같은 냄새였다. 초등학교 시절 동네 근처의 우물가에서 물을 길을 때마다 난 작고 깊은 어둠이 좋았다. 어둠에 희미하게 비친 내 모습 때문인지 수박 같은 물냄새 때문인지는 명확하지 않지만 우물을 갔다 오면 며칠 동안 상쾌한 기분이 온몸에 스며 있던 것은 분명했다.

다다미 방에 탁자 형태의 일본식 난로인 고타쓰, 그 위에 다과가 가지런히 놓여 있다. 다과만 봐도 그 료칸의 실력을 가늠할 수 있다. 검은색 반기에 놓인 노란색 모치떡, 탈 모양의 하얀 자기에 담긴 단팥과자, 빨간색 나무 그릇 안에 담긴 별사탕과 그것들을 거느린 초록색 말차, 그리고 파란색 종이학 한 마리. 일본인들의 장식적 성격과 간결함에서 나오는 철학적 질서가 다과 안에 충만하다. 진한 말차를 한 잔 마시자 은근한 향이 몸을 떠돈다. 온돌을 사용하지 않는 일본의 집은 서늘함이 감돈다. 공기는 따스해도 바닥은 언제나 차갑다. 창밖에는 전구로 장식된 온천밭이 한눈에 들어온다. 구사쓰 최고의 방임에 분명하다. 창을 열었다. 극심한 온도차로 얼굴이 순간 얼얼해진다. 찬바람이 맹렬하게 방안을 기습했다. 찬바람 때문에 갑자기 공복이 느껴졌다. 바람처럼 차가운 맥주도 불현듯 떠올랐다.

혼자만의 여행이 가장 힘들 때는 음식을 먹을 때다. 곽재구 시인의 말대로 혼자
서 먹는 사람은 철학자이거나 노동자여야 한다는 데 나는 절대적으로 동의한다,
여행작가와 음식 저널리스트란 직업이 내 본업처럼 되면서 혼자서 음식을 먹는
일은 자연스러운 여행의 일상이 되었지만 언제나 부담스러운 건 변치 않는다.

일본의 료칸은 잠만 자는 곳이 아니다. 유명한 료칸은 요리를 잘하는 것이
필요충분조건이다. 야마모토칸료칸의 정숙하고 고요한 분위기에 어울리는 가
이세키가 마치 영화의 한 장면처럼 차려져 나왔다. 그리고 그 가이세키 중심에
홍매화 한 점이 놓여 있었다. 검은색 칠기 위에 붉은 매화는 처연하다. 대자연
에 핀 수백만 그루의 꽃 중에서 한 송이 잘라 실내로 가져와 대자연을 느끼게 한
다는 일본의 장식적, 탐미적 꽃꽂이의 정신을 보는 순간이었다. 2월초 겨울은

아직 절정을 향해 혹독한 눈보라를 뿜어내는데 이미 붉고 현란한 봄이 어디엔가 와 있는 것이다. 매화는 홀로 피어난다. 겨울의 절정에 매화는 죽음보다 더한 검은 가지를 뚫고 음산한 대지에 홀로 피어난다. 그래서 매화는 같은 나무에 피어나지만 꽃 한 송이 한 송이가 저마다 홀로 꽃을 피우고 진다. 벚꽃과 수국과 코스모스와 매화는 그래서 다르다. 나무에 있을 때나 잘려서 있을 때나 매화는 별반 다르지 않다. 홀로 사는 것들의 장점이자 운명이다. 홍매화는 이 집 가이세키의 장식성을 상징한다.

일본 최고의 온천지대에서 야마모토칸료칸이 유명해진 데는 가이세키도 한 몫을 한다. 홍매화 옆에 놓인 새콤한 생선절임을 베어물자 신맛이 미각을 깨운

다. 전복보다 작지만 전복보다 깊은 맛을 지닌 오분자기의 은근한 향과 자근자
근한 식감이 근육들을 흥분시킨다. 잘 숙성된 하얀색 도미 스시는 초콜릿처럼
혓바닥을 돌아 목구멍을 간질거린다. 연어알, 청어알 요리의 알이 터질 때마다
뇌에 저장된 맛의 기억들이 방울방울 되살아난다. 아드레날린 수치가 너무 높아
졌다. 급히 달콤쌉싸래한 맥주 한 잔을 들이키자 시원함만큼 내가 조금 슬퍼진
다. 그리운 사람들이 그리워졌다. 연민을 버려야 세상이 잘 보인다는데, 외로움
을 바람처럼 느껴야 하는데, 나는 아직도 멀었다.

그리고 식사가 끝난 것도 아니다. 가이세키의 정점, 작은 쟁반에 여러 가지
음식을 담아 내놓는 핫슨八寸이 음식의 소우주를 연출한다. 사람의 체온 정도로
데워진 죽순국을 마시자 땅속의 따스함이 전해진다. 겨울이 끝날 무렵 대지가
봉인을 풀어야 죽순이든 새싹이든 돋아나게 마련이다. 매화에서 죽순에서 약한
것들의 강함은 도드라져 보인다. 봄이 멀지 않았다. 죽순은 땅 밖으로 나오는 순
간 맛의 반 이상을 잃는다. 그래서 죽순 캐기의 달인들은 땅의 모습을 보고 죽순
의 숨결을 느낀다. 땅으로 나오기 직전 그들은 한 발 먼저 죽순을 캐낸다. 어미
의 뱃속에서 나오기 직전의 애저와 같은 운명을 지닌 것이 죽순이다. 죽순에서
대나무의 강건함을 느낄 수는 없다. 죽순의 연노란 속살은 바나나를 닮았고 순
한 죽순은 맛 또한 바나나처럼 부드럽다. 고요한 죽순 국물과 잘 어울리는 것은
죽순밥이다. 쌀이 죽순의 부드러움을 품었다. 노란색 밥은 깊고 그윽하고 보드
랍고 차지다. 코끝으로 느끼는 향이 아니다. 밥상 위에 은근한 죽순향이 번진다.

향긋한 오신코御新香, 계절채소절임는 마지막 관문이다. 절인 야채는 봄 같기

도 하고 가을 같기도 하다. 날아갈 듯 신선한 야채의 단맛이 식사의 마지막을 예
고한다. 기름기 없고 비린내 없고 잔내가 없는 우동 면발이 나만의 향연에 대미
를 장식했다. 시작과 끝이 완벽한 장식과 형식, 그리고 내용을 지닌 대위법을
갖춘 식사였다. 교토에서도 이만한 깊이의 가이세키 요리를 맛보기 쉽지 않은
고수의 솜씨다.

식사를 하고 작은 욕탕에서 몸을 담갔다. 배가 채워지고 몸이 따스해지자 덩달아 기분이 좋아졌다. 몸이 전체로서 살아 있다고 느껴지는 순간이었다. 이곳 사람들은 이곳의 온천에 몸을 담그면 상사병 말고는 다 치료된다는 속설을 믿는다. 상사병도 치료될 것 같은 그 온천물을 나와 수십 년은 넘은 괘종시계가 걸린 계단과 복도를 올라 적막한 방으로 들어서서 창가에 내놓은 캔맥주를 딴다. '치익' 적당한 온도의 맥주에서 나는 기분 좋은 소리가 적막한 다다미 방을 울린다. 저녁식사 시간이 지난 탓인지 창밖으로 사람들이 제법 많아졌다. 온천밭 주변으로 사람들이 지나가는 모습을 바라보며 차가운 맥주를 마시자 사람들과 밖의 풍경들이 마치 1910년대 무성영화의 한 장면처럼 빠르게 지나간다. 이제 내가 그 영화 속으로 들어갈 시간이 되었다.

여관의 유리 현관문을 나서자 영하 속 현실처럼 찬 공기가 맥주로 한껏 덜 아오른 내장까지 깊게 파고든다. 구사쓰의 중심부는 온천이 지면까지 올라온 모습 그대로를 보여주는 것으로 유명하다. 사람들은 이곳을 온천밭이라고 부른다. 밭이 끝나는 곳에서 물을 모아 작은 폭포처럼 흘려보내니 밭의 밑은 폭포와 소가 형성되어 있다. 모아진 온천물은 다시 이곳에서 지하로 흐른다. 눈이 간간이 내리고 있었다. 아무리 눈이 많이 와도 아무리 추운 날씨라도 이곳에 눈이 쌓이는 경우는 없다. 50도가 넘는 온천수와 영하 10도가 넘는 온도차로 온천밭 주위는 수증기가 가득하다. 온천밭 주위로 설치해놓은 통로와 등 사이를 수증기가 들어갔다 나왔다를 반복하며 사람들과 건물들을 드러내거나 감추거나 한다. 온천에 왔다는 표시를 하듯 유카타浴衣, 온천장에서 주는 일본식 옷를 입은 사람들이 영화 속 장면처럼 수증기 속에서 갑자기 나타났다 사라져갔다.

온천 폭포가 끝나는 길에서 작은 골목 언덕을 타고 오르면 구사쓰의 중심거리가 펼쳐져 있다. 그렇다고 대로는 아니다. 자동차가 한 대 겨우 다닐 정도의 좁은 도로 옆으로 이자카야나 작은 식당과 료칸 들이 촘촘하게 골목을 형성하고 있다. 일본과 한국의 온천의 가장 큰 차이는 전통 료칸과 거리의 분위기에 있다. 한국의 온천장이 온천보다는 거리의 식당과 유흥업소 중심이라면 일본의 온천은 료칸과 온천에 집중되어 있다. 온천에 온 일본인들은 온천욕을 즐기고 료칸에서 식사를 하고 조용히 쉬다 간다. 그래서 유명한 온천지대일수록 밤이 되면 조용해진다. 여덟 시가 조금 넘은 시간이지만 몇몇의 이자카야를 빼고 거리는 촬영이 끝난 영화세트장처럼 고요하고 적막하다. 거리를 걷는 이십 분 동안 구석에 위치한 저렴한 온천 료칸에 숙박한 젊은이들 몇 명을 봤을 뿐이다.

천 년이 넘는 역사를 지닌 구사쓰 온천은 오랫동안 사람들을 치유하던 곳이었다. 전국시대에는 전쟁의 상흔을 치료하는 최고의 의료시설 역할을 담당했다. 19세기 말 개항이 되면서 구사쓰 온천의 효능을 알아본 외국인들에 의해서 유명세를 타기 시작했다. 깊은 산중에 위치한 구사쓰 온천 같은 곳은 허약한 사람들이 직접 먹거리를 해먹으면서 몸과 마음을 치료했던 곳이었다. 20세기 들어서면서 의학의 급속도로 발전하자 온천은 사람들의 몸을 치료하던 곳에서 사람들에게 편안한 휴식을 주는 공간으로 바뀌었다.

아는 사람도 없고 볼 것도 없고 할 일도 별로 없는 이런 밤, 생각이 자연스

手造り餃子
中華そば

럽게 많아지거나 혹은 아무 생각이 나지 않는다. 마실 나온 할머니처럼 추운 거리를 한 시간 정도 돌아보다 맥주 몇 캔을 더 사 '사비'로 돌아왔다. 온천밭 쪽의 한쪽 벽을 차지한 유리 미닫이문의 커튼을 모두 젖히고 따스한 고타쓰에 기대어 시원한 캔맥주를 마시면서 그날 밤을 보냈다. 오랜만에 꿈도 없이 깊게 잠든 밤이었다.

구.사.쓰.에.서
아.이.즈.와.카.마.쓰.로

아침 일찍 일어나 아침식사 전 산책을 위해 여관을 나섰다. 먼 길이 남아 있는
하루였다, 현관입구에 가지런히 놓인 검은 털장화와 아무런 방비 없이 뚫린 게
타일본식 나막신가 같이 놓여 있는 모습이 이상했다. 같이 있을 이유가 별로 없는
신발들같이 사소한 것들이 여행자에게는 호기심을 자극하는 법이다.

료칸을 나서자 밤새 내린 눈 위로 맑은 하늘이 넓고 높다. 이곳이 해발
1156미터에 위치한다는 표지를 보면서 어슬렁거리다보니 산 너머 햇살이 온천
밭으로 내리기 시작했다. 건물들 틈 사이로 빛이 스며들자 어둠과 빛이 극명하
게 대비를 이루는 신비한 모습이 연출됐다. 보이지 않던 수증기가 햇살에 반사
되면서 밝은 빛을 발하니 햇살을 받지 못한 대기는 더욱 검어 보였다. 정확하게
대기가 빛과 어둠으로 일직선으로 나누어졌다. 그 황홀한 경관에 난 한동안 발

걸음을 떼지 못했다.

된장국에 김이 모락모락 나는 밥 한 공기, 신선한 야채와 생선구이로 차려진 일본식 아침밥을 먹고 나서 버스를 타고 해발 593미터에 위치한 구사쓰 역으로 나와 다시 니가타 방면으로 가는 기차를 탔다. 달리는 차에서 내가 있던 모습들을 내내 더듬었다. 아홉 시, 기차는 어김없이 레일을 달려왔다. 몇몇의 사람들을 싣고 다시 달려간다. 사람들은 기차 때문에 인류 최초로 일상의 시간들을 분단위로 나눠 쓰기 시작했다는 기사를 본 적이 있다. 나는 기차시각표에 쓰인 시각과 만나 다시 길을 나선다. 에치고유자와를 거쳐 눈의 선인 다다미센只見線이 시작되는 고이데小出에서 그제 헤어진 일행과 만나기로 했다. 기차는 고이데로 가는 미나카미에 제때 도착했다. 그런데 미나카미에서 고이데로 가는 기차가 없다. 시각표를 잘못 읽은 것이다. 주말에만 운행하는 아침 시간 기차를 착각한 것이다. 길은 있는데 기차는 없다. 다시 여행이 미궁 속으로 빠져들었다. 이국에서 만나야 할 길동무들과도 만날 수 없었다. 기차는 나를 기다리지 않는다. 내가 맞추지 못하면 기차는 나와는 상관이 없는 거대한 쇳덩이에 불과하다.

에치고유자와에서 고이데로 가는 기차 대신 니가타로 가는 기차를 탔다. 중부 내륙에 위치한 아이즈와카마쓰會津若松는 니가타 방면에서 가기 어려운 곳이다. 거대한 산맥들이 넓은 분지 아이즈와카마쓰를 병풍처럼 두르고 있기 때문이다. 아이즈와카마쓰로 가는 기찻길은 세 개가 더 있다. 니가타에서 출발하는 반에쓰사이센磐越西線과 도쿄 방면에서 출발하는 반에쓰사이센 그리고 닛코日光의 온천지대를 거쳐 아사쿠사淺草로 이어지는 도부센東武線 기차가 그것들이다.

우선 니가타로 가야 했다. 니가타로 가는 길에 무이카마치六日町에서 기차가 잠시 정차했다. 건너편 플랫폼이 눈으로 가득하다. 전봇대가 반쯤 잠겨 있을 정도로 눈 위로 더욱 거센 눈이 내린다.

눈을 보다가 일본 최고의 료칸 중의 하나인 류곤龍言이 떠올랐다. 칠 년 전 니가타의 사케를 취재하기 위해 나는 니가타 현 사람들과 니가타를 돌아다녔다. 그들이 추천한 최고의 료칸이 바로 류곤이었다. 삼백 년이 넘은 무사의 집을 그대로 료칸으로 고친 류곤은 일본은 좀 안다던 그때까지의 내 상식을 완전하게 바꾸어놓았다. 수백 년간 사람들의 흔적이 남아 있는, 나무로 된 공간들. 가마를 타고 마당의 땅을 밟지 않는다는 고급 무사들의 집답게 안에는 가마를 내리는 장소까지 남아 있는 호사스런 주택은 인공으로 지어진 연못을 따라 구불구불하고 좁은 복도가 깊게 이어져 있다. 그 료칸의 방, 창문을 여니 개인 온천장이 마련된 별실이다. 온천은 소나무로 둘러싸인 노천에 자리잡고 있다. 두세 평의 노천온천은 소나무와 소나무의 삼 분의 일 정도 쌓인 거대한 눈의 장벽으로 외부와 단절되어 있다. 하늘에서 눈이 내렸고 온천에서 나온 증기가 하늘로 올라갔다.

저녁식사 시간, 동행한 일본의 공무원들은 취재가
아니라면 자신들도 평생 이 료칸은 이용하기 힘든 곳이
라 했다. 작은 도쿠리 사케를 담아내는 작은 병마다 니가타의
사케 이름들을 붓으로 써붙인 사케들이 가이세키에 이
어 나온다. 고시노간파이, 핫카이산, 구보다. 네 명의
일행은 니가타의 사케 이야기를 하며 취했다. 밤 열 시,
작은 사케 파티는 끝났다. 취기가 오른 몸을 끌고 복도
로 나와 끝 모를 어둡고 차가운 나무복도를 맨발로 걸었
다. 발이 시리다. 방으로 들어가 창을 젖히니 소나무에
달이 덩그러니 걸려 있다. 몸을 노천온천으로 밀어넣었
다. 뜨거운 것들이 올라왔다. 차가운 기운들이 내려왔
다. 난 그저 얼굴만 내밀고 보고 또 본다. 유신이 주는
쾌락이 황홀했다.

그리고 아침, 날이 맑았다. 인공호수에 빛이 찬란
하다. 눈부시게 투명한 눈 위로 토끼들이 뛴다. 그곳을
고루 비추는 빛이 유리 창문을 뚫고 식탁 위로 내린다.
따스한 빛이다. 일본에서 가장 유명한 쌀의 고장답게 니
가타의 료칸의 밥은 밥 자체로 고고하다. 가장 맛있다는
고시히카리 중에서 최고로 치는 우오누마 魚沼 산 고시히
카리와, 우리의 청국장 같은 낫토와 된장국, 산채나물들

이 아침을 지킨다. 화려함과 단순함은 일본의 다성茶聖 리큐利休 이후 일본 문화의 두 축이 되었다. 저 화려한 가이세키의 저녁상과 절밥 같은 아침상을 받으면서 난 일본인들이 왜 그렇게 온천과 료칸에 집착하는지 알게 되었다.

그 황홀했던 기억들은 쉬 잊히지 않았다. 역 이름 하나만으로 나는 그때의 기억들을 지금의 순간처럼 되살려냈다. 무이카마치는 눈의 땅이다. 이곳의 눈축제도 오랫동안 지속된 것이다. 플랫폼 안에 눈사람으로 만든 안내판에 '환영, 유키마쓰리雪祭り, 눈축제'란 간판이 정겹다. 오 분간의 정차 후 기차는 다시 니가타를 향해 나아간다. 세상은 눈과 검은 사물들로 완전한 무채색 흑백의 세상이다. 기차 차장은 프레임처럼 캔버스처럼 보는 모든 것들을 찰나로 고정시킨다. 어둠이 내린 니가타 역에 내렸다. 버스 시간이 얼마 남지 않은 탓에 전속력으로 정류장을 찾았다. 역에서 조금 떨어진 정류장에서 버스를 탄 게 기적이었다.

니가타에서 아이즈와카마쓰로 가는 기차는 저녁 시간이면 일찍 끊긴다. 대신 버스가 있었다. 겨울에 산악지대를 버스를 타고 달리는 일은 그리 좋은 방법이 아니다. 방법이 없는 사람들만이 이용하는 최악의 교통수단을 이용해 나는 다시 밤길을 달려 아이즈와카마쓰로 가고 있었다. 사람들과의 약속과 료칸의 예약 같은 것들이 사람을 부자연스럽게 한다. 좋은 것들을 위해 사람들은 무언가를 포기해야 한다. 메뚜기떼처럼 한 치 앞을 분간하기 힘든 폭설이 내리는데도 버스는 꿋꿋이 달렸다. 눈이 꽤 많이 쌓여도 버스기사는 속도를 늦추지 않는다. 익숙함이 주는 노련함은 생각보다 강하다. 겨울이면 매일 이곳에는 눈이 내린다. 사람들은 적응하며 살아간다. 눈이 조금 심하게 쌓인 길이다 싶으면 어김없이 제설차들이 나타난다. 쌓이고 치우고를 반복하는 제설차와 그사이를 달리는 버스와 자가용 들, 전쟁터처럼, 공사현장처럼 기계와 사람들이 뒤엉켜 일상의 시공들을 지켜내고 있었다. 눈은 이곳에서는 가장 힘겨운 일상이다. 버스 키만큼 높은 도로 옆의 눈들이 눈높이 정도로 내려오자 버스는 내리막으로 내려섰다. 멀리 거대한 와카마쓰若松 분지가 나타났다. 그 위로 불빛들이 바다의 오징어잡이 배처럼 희미하게 반짝인다. 아이즈會津로 다가가면서 버스의 속력은 빨라지고 쌓인 눈은 평범한 높이로 줄어들었다.

아이즈와카마쓰는 벌써 세번째 오는 곳이지만 버스로 오는 아이즈와카마쓰는 기차로 오는 곳과는 사뭇 다르다. 수단이 바뀌면 내용도 바뀐다. 불빛을 받아 형광등처럼 온기 없는 눈을 제외한 모든 공간은 완전히 검은색이 지배하고 있었다. 택시를 타고 십 분, 어둠 속에서 '무카이타키向瀧료칸이 모습을 드러냈다. 료칸의 끝 방, 서리가 잔뜩 낀 유리창이 도열한 좁고 찬 복도를 지나 방문을

여니 노란색 다다미가 따스한 색으로 사람을 위로한다. 나를 위해 시간을 연장해 촛불을 켜놓은 정원을 찍기 위해 짐도 풀지 못하고 방을 나왔다. 복도 안쪽에 가득한 물, 작은 인공정원, 그리고 그 위로 쌓인 눈의 언덕에 방사선의 대나무 등 사이로 촛불들이 눈에 기하학적 빛의 무늬를 그려놓는다. 자연을 있는 그대로 바라보는 우리의 자연관과 달리 자연을 인공적으로 포장하는 일본의 자연관이 그대로 나타나는 공간 연출이다.

방으로 돌아오니 도기에 담긴 깊고 푸른 말차와 과자 몇 점이 놓여 있다. 다과다. 스님들의 정진에 필요한 차와 작은 과자들로 구성된 다과를 먹는 동안 료칸의 주인과 오카미 그리고 종업원들이 기모노를 차려 입고 방으로 들어선다. 칠인조 노래 가극단처럼 그들은 주문을 외웠다. 그리고 푸른 콩을 방 안에 뿌린다. 새해에 악귀를 쫓는 의식이다. 한바탕 소란이 끝나고 이번에는 가이세키의 향연이 시작된다. 이곳의 가이세키는 그야말로 눈으로 먹는다. 앙증맞은 그릇들에 담긴 소꿉놀이 같은 음식들이 웃음이 나게 만든다. 정말 눈에 넣고 싶은 예쁜 장식들이다. 귀와 눈이 즐거운 소란 뒤 먼저 와 있던 일행들과 이틀 만의 해후. 이야기가 길게 이어졌다.

아침, 날은 여전히 흐렸다. 황금색으로 화려하게 치장한 무카이타키向瀧료칸은

눈 속에서도 유별나다. 내부의 나무벽과 복도도 황금색으로 빛나는 황금의 료칸

이다. 일본의 유형문화재로 지정된 오래된 나무 건물에 황금색 금박 간판이 커

다랗고 선명하고 찬란하다.

작은 개울 건너에 있는 료칸 앞 작은 다리 위에 양파 모양의 장식이 붉다.

화재 방지를 기원하기 위해 세운 것이다. 나무 건물 주변의 다리에는 어김없이 이 장식물이 서 있다. 다리 사이를 흐르는 개천물을 따라 히가시야마東山 온천이 죽 늘어서 있다. 술이 덜 깬 느린 걸음으로도 십 분을 넘지 못하는 작은 온천마을이다. 개천물이 잠시 쉬어가는 평평한 물길에 원앙 두 마리가 정겹게 유영한다. '하이카라 상인기 드라마 주인공 이름을 딴 관광전용버스'을 타고 아이즈와카마쓰 시내로 들어선다.

아이즈와카마쓰는 역사의 도시다. 메이지 유신 대격변의 시대 아이즈와카마쓰는 역사의 한 페이지를 장식한다. 막부의 친위세력이던 아이즈 번은 메이지 정부군과 전투에서 완전한 패배를 맛본다. 막부를 지탱하는 용맹한 무사집단이던 아이즈와카마쓰를 상징하는 무사의 집과, 일본에서 몇 손가락 안에 드는 천수각이 있는 쓰루가 성 그리고 격변기에 죽음으로 역사에 피를 남긴 뱟코타이백호대, 白虎隊가 있는 이모리飯盛 산 등 역사의 깊은 상처가 곳곳에 짙게 남아 있다.

역사의 거대한 싸움 속에 언제나 소년병들이 있었다. 병사들 그리고 자결에 의한 죽음이라는 소년과 어울리지 않는 것들은 언제나 사람들의 상상을 자극한다. 막부와 메이지 정부군 간의 최후의 전쟁인 보신戊辰 전쟁은 막부 측에 섰던 아이즈 번을 비켜가지 않았다. 15세에서 17세에 이르는 340여 명의 소년병 조직인 뱟코타이는 쓰루가 성과 아이즈 시내가 한 눈에 내려다보이는 이모리 산에서 전쟁을 지켜보던 중 시가지에 불길이 오르자 집단 자살을 감행했다. 잘못된 판단이었음이 나중에 알려졌지만 자결한 스무 명 중 열아홉 명이 목숨을 잃었다. 이후 이들의 자결은 전쟁의 승패와 관계없이 일본인들에게 전설처럼 남았다.

뱟코타이 기념관과 무덤이 있는 이모리 산은 산 전체가 거대한 무덤이자 문화재이다. 가파른 계단을 올라가야 하는 이곳에는 친절하게도 컨베이어벨트가 사람들을 실어나른다. 불행하게도 눈이 쌓인 겨울에는 운행이 중단된다. 일행들과 함께 가파른 계단을 올랐다. 뱟코타이 19명의 묘는 매년 이백만 명이 찾는 유명한 관광지가 되었지만 폭설이 내린 겨울에는 사람들의 인적이 없이 을씨년스럽다. 뱟코타이가 자결을 감행 원인이 된 와카마쓰 성의 모습과 아이즈와카마쓰 시내가 멀리 넓게 펼쳐져 있다. 뱟코타이 무덤에서 가파른 계단을 이용하지 않고 오른쪽으로 내려오면 산을 휘어감은 산책로가 나 있다. 이곳에서는 일본에서 가장 진기한 건축물이자 국보인 사자에도榮螺堂라는 탑이 있다. '사자에'란 소라를 뜻한다. 별로 높지 않은 탑이지만 입구와 출구가 다르고 같은 길을 두 번 지나지 않는 구조를 지니고 있다. 소라처럼 빙빙 돌아 올라갔다 내려오는 구조의 건축물이다.

우리도 소라 탑처럼 길을 빙빙 따라 내려오는데, 겨울에도 그야말로 콸콸콸 쏟아지는 물과 작은 붉은색 도리이鳥居. 신사神社 입구에 세우는 문가 사람들의 이목을 집중시킨다. 도노구치戸ノ口 동굴의 물이다. 사백 년 전에 이나와시로猪苗代 호수에 인공적으로 만든 물길이다. 겨울에도 물은 맑고 시원하다.

아이즈와카마쓰는 관광의 도시답게 버스 노선이 잘 정비되어 있다. 일반버스와 관광전용버스인 하이카라 상이 십 분 간격으로 관광지를 순회한다. 버스를 타고 와카마쓰 성으로 향한다. 보통 쓰루가鶴ヶ 성으로 불리는 아름다운 성이다. 1593년에 지어진 후 1868년 보신 전쟁의 한복판에서 한 달간 버티다 함락

되었다. 수많은 상처가 남은 채 방치되다가 1965년이 돼서야 아름다운 옛모습을 되찾게 된다. 균형미가 일품인 천수각 주변에는 잘 정비된 잔디와 전통찻집이 기품 있게 들어서 있다. 메이지 정부 이후 일본의 성들은 성벽이 전부 헐린다. 패배한 번들의 재집결을 막기 위한 것이었다. 천수각 같은 중심지는 박물관 등으로 사용되고 성 안의 넓은 영지에는 벚꽃이 심어진다. 일본의 벚꽃 명소 중에 유독 성들이 많은 이유는 여기에서 기인한다.

성에서 버스로 오 분, 나누카마치七日町로 이동한 뒤 그곳에서 소바를 점심으로 먹었다. 나누카마치는 아이즈와카마쓰의 관광의 중심지이다. 식당과 료칸들이 몰려 있는 곳이다. 그러나 정작 나누카마치를 유명하게 만든 것은 나누카마치 역이다. 연푸른 나무지붕과 하얀 회벽 검은색 기둥이 그림처럼 아름다운 이 역은 역 카페로도 유명하다. 일행들과 커피를 한 잔씩 시켜 플랫폼에서 기차를 기다린다. 푸른 하늘, 하얀 구름, 눈을 품은 푸른 산이 간이역의 풍경을 완벽하게 구성한다. 다음 역 아이즈와카마쓰에서 우리는 니가타로 가는 새로운 여행을 시작했다.

반에쓰사이센

아이즈와카마쓰를 기점으로 니가타를 향해 가는 반에쓰사이센磐越西線은 본격적인 산과 물의 노선을 달린다. 아이즈와카마쓰를 달려 한 시간, 기타카타 喜多方 역이 나온다. 플랫폼에 가득한 다루자케樽酒, 통에 담그는 술 통들이 이곳이 사케의 고장임을 말해준다. 그러나 기타카타를 전국적으로 유명하게 만든 것은 담백한 라멘의 대명사가 된 기타카타라멘이다. 120여 개가 넘는 라멘 가게들이 작은 마을에 촘촘히 들어서 있다. 아침 일찍부터 가게 문을 여는 전통 때문에 '아사라멘아침라멘' 이라는 새로운 단어와 전통을 만들어냈다.

기타카타는 평탄한 땅이다. 봄에서 가을이면 아이즈와카마쓰 역 앞은 자전거를 타고 움직이는 사람들과 마차를 탄 관광객들로 북적거린다. 겨울 혹은 눈이 그 북적거림을 멈추었다. 역 앞이 맑게 개어 시리도록 파란 하늘 아래 적막감

이 감돈다. 기타카타는 아이즈의 북쪽 지역에 위치해서 그런 도시 이름이 붙은 곳이다. 역 앞에서 길게 뻗은 길 옆으로 라멘 집이 무려 120개가 몰려 있다. 3만 7천 명의 인구에 120개의 라멘집 비율은 라멘의 천국 일본에서도 제일을 자랑한다. 삿포로라멘, 하카타博多라멘과 더불어 일본 3대 라멘으로도 유명하다.

역에서 도보로 칠 분, 기타카타라멘의 원조 겐라이켄源來軒이 붉은 깃발을 휘날리며 서 있다. 적당한 크기의 실내의 탁자가 역시 붉다. 다른 일본 라멘에 비해 짠맛이 덜 나는 쇼유간장를 기본으로 한 라멘 맛은 덤덤하다. 이곳에서는 중국에서 건너온 라멘의 전통을 가장 잘 간직하고 있다는 평을 받고 있는 라멘

집이다. 그래서 지금도 라멘과 함께 시나支那소바 혹은 주카中華소바란 이름으로 많이 불린다. 원조답게 기본기에 충실한 라멘과 교자를 먹으니 속이 든든해진다. 거리는 라멘과 구라모토藏元, 양조장가 가득하다. 마치 영화세트장 같은 묘한 분위기는 하늘은 파랗고 인적이 드문 탓에 더욱 두드러진다. 라멘 때문에 유명해진 도시에서 원조 라멘을 먹은 뒤에 우리는 이 도시가 금방 시들해졌다. 기차 시간에 맞춰 도시를 떠나기로 했다. 이모리 산의 거대한 눈, 파란 하늘, 하얀 구름을 뒤로하고.

하얀 바탕에 푸른 띠를 두른 기차가 니가타로 떠난다. 차창 밖의 풍경이 거울같이 맑은 하늘 때문에 눈은 솜사탕처럼 부풀어오른 듯 빛난다. 강과 숲과 나무와 도로가 왼쪽으로 오른쪽으로 나타났다 사라졌다를 반복한다. 그림자가 길어지면서 눈에 음영이 뚜렷해진다. 쓰가와津川에서 기차가 오 분간 정차한다. 역 구내 간판이 눈에 완전히 덮여 간신히 이름만을 알려준다. 사람의 키와 정확하게 맞먹는 170, 180센티미터 정도의 눈이다. 기차가 다니는 길과 사람이 다니는 길만이 사람과 기차에 의해 눈이 걷혀 있다. 반에쓰사이센은 일본에서도 최고로 꼽히는 물과 숲의 노선이란 별칭답게 최고의 차창풍경을 선사한다. 오랜 시간 사람들은 말없이 창밖을 바라다보았다.

긴 그림자가 푸른 대지 속으로 사라졌다. 니가타가 가까워오자 긴 땅이 산을 멀리 밀어낸다. 니가타의 논들이다. 눈을 가득 안은 그 땅의 색과 하늘의 색이 모두 파랗다. 중간의 구름과 먼 산들의 검은 띠가 땅과 하늘을 가른다. 그사이 긴 논 가운데 나무가 한 그루가 홀로 서 있다. 기차의 모든 사람들이 그 나무를 보았다. 눈의 벌판의 어둠을 홀로 견뎌내고 있었다. 어디서 생긴 것인지 모를 안개가 논과 산의 경계를 모호하게 덮고 있었다.

어둠이 그 모든 모호한 것들을 완벽한 어둠으로 몰아넣은 후 기차는 니가타에 도착했다.

국도 252호 후쿠시마福島와 니가타의 호설지대를 연결하는 도로는 11월에 막히고 5월이 돼야 열린다. 겨울에는 오직 기차만이 이곳을 세상과 연결하는 유일한 통로이다. 겨울이 오기 전 다다미센只見線은 깊은 산을 물들인 단풍으로 세상과의 단절을 아쉬워하는 사람들에게 마지막 인사를 한다. 이곳의 단풍과 눈은 일본에서 관광 관련 순위에서 5위 밖으로 밀려난 적이 없다. 다다미센을 타려면 도쿄와 니가타를 오가는 조에쓰센의 고이데 역이나 반에쓰사이센의 아이즈와카마쓰로 가야 한다. 조에쓰센이나 반에쓰사이센 역시 산과 강의 기차이자 단풍의 기차, 눈의 기차다. 그사이를 횡으로 잇는 기차가 바로 다다미센이다.

도쿄에서 도호쿠東北 지역으로 가는 고리야마郡山는 교통의 관문이다. '물과 숲의 로망 노선'으로 일본 최고의 관광철도 노선으로 꼽히는 반에쓰사이센의

출발역이기도 하다. 반에쓰사이센의 트레이드마크인 아카베코_{赤べこ, 붉은 소}가 그려진 에스컬레이터 길을 따라 붉은색 스키복을 입은 젊은이들이 줄지어 내려간다. 반에쓰사이센은 스키장이 즐비한 곳이다. 도쿄 수도권에서 가장 인기 있는 스키장이 몰려 있는 곳이다.

기차는 반다이_{磐梯} 산을 마주 보고 달린다. 대머리독수리처럼 정상 부근이 하얀 산들의 무리를 향해 기차는 거의 직선으로 긴 평야를 달린다. 이곳의 긴 노선은 단선이다. 그래서 모든 기차는 역에서 마주 오는 기차를 기다리거나 지나친다. 산이 가까워지자 산에 깊게 파인 하얀 눈의 자국이 스키장을 그대로 드러낸다. 이곳의 스키장은 넘어져도 아프지 않은 스노파우더를 자랑한다. 스키장의 정상에서 보면 화산호수인 이나와시로 호수와 반다이 산맥의 웅장한 기상이 눈 위에서 훈장처럼 빛난다. 스키장 다섯 군데를 돌면서 취재를 한 적이 있었다. 깊은 산, 넓은 슬로프, 한적한 리프트, 그리고 최상의 설질. 설국에 스키장은 커다란 선물이다.

이나와시로 호수로 가는 관문인 이나와시로 역을 주변을 지나니 산은 정면에서 왼쪽으로 방향을 바꾼다. 그리고 이내 아이즈와카마쓰 역이 모습을 드러낸다. 13시 8분, '삐이익' 간결하고 긴 호루라기 소리에 오전 오후에 한 번만 운행하는 마지막 다다미센 종단열차가 역을 출발한다. 이어 아름다운 나누카마치 역이 나타난다. 역무원이 없는 무인역이지만 목조로 된 아름다운 건물과 역 구내에 있는 역 카페로 일본의 기차 마니아들이라면 한 번은 꼭 방문하는 아름다운 역이다.

이후 기차는 아이즈반게 會津坂下 역까지 아이즈 분지의 남쪽지역을 크게 에둘러 간다. 북쪽의 거친 산을 피하기 위해서다. 기차는 대신 넓은 들을 오랫동안 달린다. 풍요로운 땅이다. 대지를 가득 채운 눈이 마치 대지에서 솟아난 것처럼 하늘은 푸르고 맑다. 눈 그친 하얀 하늘 때문에 시계가 멀어지고 넓어진다. 기차를 타고 조금씩 변하는 것들을 지켜본다. 대관람차에서 조금씩 변하는 세상을 지켜보는 것처럼 기분이 좋아진다. 논에 눈이 가득하다. 논은 거대한 눈을 이고 겨울을 난다. 오늘같이 날이 따뜻해지면 눈들은 녹아 땅을 적신다. 그렇게 오랫동안 천천히 땅은 습기를 머금고 있다. 눈이 모두 녹아 땅과 하늘이

직접 만나야 땅을 열어 새싹을 연다. 겨울이 봄이 되는 과정은 길지만 간단하고 명료하고 자연스럽다. 해를 이기지 못하고 눈이 녹아 간간이 맨 바닥을 드러낸 곳에는 어김없이 새들이 모여 먹을 것을 찾는다. 이게 땅의 이치다. 아이즈반게 역, '아이즈의 언덕 밑'이란 뜻처럼 이곳을 지나자 기차는 대지를 떠나 산으로 오른다.

아이즈반게 역 다음의 도데라塔寺 역을 지나면 기차는 완전한 산악지대를 달린다. 날카로운 산봉우리들이 위태롭게 눈을 이고 있다. 대부분의 산악 기차는 계곡을 따라 달리는데 이곳에서 기차는 능선을 타고 가는 철로를 따라 달린다. 역 안내판들이 눈에 묻힌 모습들이 자주 눈에 띈다. 지붕에 눈을 한 가득 이고 있는 아름다운 아이즈미야시타會津宮下에서 기차는 십오 분간 정차한다. 다다미 눈축제를 위해 편성된 임시열차와 이곳에서 해후한 후 눈 위에 난 기차바퀴 자국을 따라 '기하 40 2140' 디젤차는 잘도 달린다.

기차는 산 사이에 위치한 거울처럼 고요하고 맑은 호수를 따라 달린다. 적당한 크기의 산의 모습을 완전하게 비추는 호수는 상하로 완전한 대칭이 된 자연을 보여준다. 안정감 있는 정물화를 보는 듯 나도 머리가 완전히 빈 상태가 되었다. 난 그저 바라볼 뿐이다. 아무런 생각이 나지 않는다. 기차는 아이즈와카마쓰에서 종착역인 고이데를 향해 일직선으로 고도를 높여가며 나아간다. 그래서 산은 높아지고 눈도 덩달아 높아진다. 눈의 높이를 재는 막대기가 1.8미터를 가리킨다. 겨울에는 유일하게 기차만이 이곳을 달리지만 기차가 언제나 이 길을 달리는 것은 아니다. 폭설이 내리거나 날이 흐리면 기차는 언제든지 멈춘다. 이

노선의 이름이 된 다다미 역은 눈축제 중이다. 38회 '다다미 후루사토노 유키 마쓰리다다미 고향의 눈축제'. 역에서 도보로 2분 거리에 만들어진 작은 행사장에 약간 촌스럽게 혹은 소박한 눈 장식들로 꾸며져 있다.

'아사히 소학교 6반 미야시타 베컴'이 만든 도라에몽 눈 조형 뒤로 미야시타 베컴의 학교 교실이 보인다. 미야시타 초등학교 아이들이 자신들이 만든 조각들을 열심히 보살핀다. 쌓인 눈 속에도 보일 만큼 플랫폼에 높이 선 '다다미' 안내판을 뒤로하고 기차는 다시 눈이 가득한 산속으로 달린다.

다다미를 지나자 터널들이 연이어 나타난다. 하얀 세상과 검은 세상이 반복되면서 눈은 많아진다. 작은 간이역과 기차역 표시들이 거의 잠길 정도로 높게 쌓인 눈들이 선로 옆에서부터 산으로 이어져 있다. 이곳은 하늘과 가까워질수록 겨울이 가깝다. 눈이 미치게 보고 싶다면 겨울 다다미센을 타면 된다. 계곡을 따라 달리는 '뉴의 고립'은 원한다면 이곳에 내려보라. '발목이 아니라 마음까지 눈에게 사로잡히고 싶다면' 또다시 이곳에 머물러보라. 시간이 길어질수록 눈이 많아진다. 기찻길 옆으로 제설차들이 보인다.

눈이 이렇게 쌓이려면 매일 내려야 한다. 매일 많이 내려야 한다. 일본 사람들은 그래서 눈을 두려워한다. 꾸준히 내리면 쌓이고 쌓인 것들은 쉽게 사라지지 않기 때문이다. 지붕에 내린 눈을 치우지 못한 사람들은 날이 풀리면 녹아내린 눈에 길이 막히거나 깔려 죽기도 한다. 철길 옆으로 집들이 2층 구조를 하고 있다. 겨울에는 2층의 문을 이용해 이동하기 한다. 바위처럼 단단한 눈은 동화에 나오는 것처럼 봄의 훈풍만이 깨뜨릴 수 있다. 눈이 깊어지면서 철길 옆의 개천물이 조각도에 패인 나무처럼 깊게 패여 있다. 하얀 나무판 위를 깊은 상처의 물들이 흐르는 형상이 목판화처럼 내 눈에, 내 마음에 깊은 흔적으로 남았다. 어느덧 역의 이름에 '에치고越'란 이름이 붙었다. 이윽고 설국 니가타로 '국경을 넘어' 기차가 온 것이다. 작은 종착역 고이데. 이미 어둠이 가득한 역사에는 빈 의자들만이 사람들을 기억한다. 거센 기적 소리와 강렬한 노란 불빛이 플랫폼으로 들어온다. 몇 번의 환승을 거쳐 나를 도쿄로 데려다줄 기차다. 눈은 몇 시간이면 이내 꿈처럼 아득해질 것이다. 기차가 나를 태우고 어둠 때문에 보이질 않는 하얀 레일 위를 달려갔다. 나는 기차에서 이내 잠들었다.

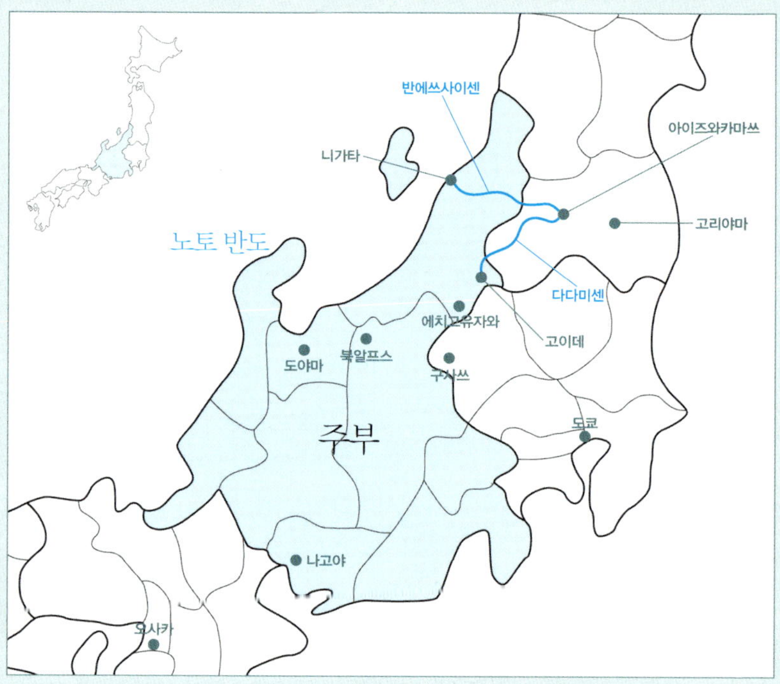

주부 지방 中部地方

주부 지방은 이름 그대로 일본의 혼슈 중앙에 위치한 지역이다. 일본에서 가장 높은 산악지대인 알프스가 위치하고 있어 일본에서도 가장 험하고 눈이 많이 오는 지역이다. 니가타新潟, 도야마富山, 이시카와石川, 후쿠이福井, 나가노長野, 야마나시山梨, 기후岐阜, 시즈오카静岡, 아이치愛知 등 9개 현을 포함한다.

인천공항에서 나고야, 니가타, 도야마 공항 등으로 직항로가 개설되어 있다.

눈이 많이 오는 지역인 니가타, 도야마 지역 등으로 가는 경우에는 기차를 이용하는 것이 일반적이다. 도쿄에서 니가타까지 운행하는 신칸센이 있다.

겨울에는 기차만 다닐 수 있는 마을이 많은 탓에 JR패스를 이용해 여행하는 것이 일반적이다.

북알프스 北アルプス

일본어로는 기타아루푸스. 도야마, 기후, 나가노, 니가타 등 4개 현에 걸쳐 있는 일본 최대의 산악지대이다. 북알프스(히다 飛驒산맥)와 중앙알프스(기소 木曽산맥), 남알프스(아카이시 赤石산맥) 등과 함께 일본 알프스를 이루고 있다. 북알프스의 주요부분은 주부산악국립공원으로 지정돼 있다.

북알프스의 최고봉 오쿠호다카다케 奥穂高岳(3190m)는 일본에서 세번째로 높은 봉우리이다. 오쿠호다카다케를 시작으로 2천m 급 연봉들이 줄지어 늘어서 있는 곳으로 6월까지도 눈을 볼 수 있으며, 대자연의 장엄함을 체험할 수 있는 일본 최대의 관광지이다.

감동을 안겨주는 세계적인 관광지이다. 거대한 대자연을 다테야마 연봉을 감상할 수 있는 로프웨이, 지하터널에서만 운행되는 케이블카, 전기로 움직이는 트롤리버스와 공해방지를 위한 하이브리드 버스 등 다양한 교통수단을 이용해 둘러보는 것도 이 관광지만의 특색이다.

일정

도야마 출발 – 34km, 40분~1시간 – 다테야마(해발 475m) – 1.3km, 7분 – 비조다이라(해발 977m) – 23km, 50분 – 무로도 터미널(2450m) – 3.7km, 10분 – 다이칸보(해발 2316m) – 구로베다이라(해발 1828m) – 0.8km, 5분 – 구로베 댐(해발 1470m) – 6.1km, 16분 – 오기사와(해발 1433m) – 18km, 40분 – 시나노오마치 역(해발 720m) 도착

다테야마 구로베 알펜루트 立山黒部アルペンルート

북알프스를 관통하는 다테야마 구로베 알펜루트는 표고 2500m의 고지대까지 이어지며, 도야마 현 다테야마역과 나가노 현 오기사와 역을 잇는 길이 약 90km의 산악 관광루트다. 시시각각 변화하는 대자연의 풍경이 엄청난

무로도 室堂 터미널, 무로도 室堂 역

다테야마 구로베 알펜루트의 가장 높은 곳에 위치한 무로도의 종착역은 무로도 터미널과 무로도 역이다. 고원버스가 출발하는 무로도 터미널과 트롤리버스가 출발하는 무로도 역은 붙어 있지만 다른 이름으로 부른다. 표고는

2450m. 이곳에서는 고산지대의 험준한 자연 풍광을 감상할 수 있다. 사실 다테야마는 봉우리 이름이 아니라 이곳의 연봉들을 지칭한다. 이곳에서는 7월까지도 눈이 남아 있는 다테야마 3산立山三山과 영화로 만들어질 정도로 유명한 일본의 대표적인 바위산인 쓰루기다케劒岳의 험준한 모습도 볼 수 있다. 4월에서 5월 말까지는 이곳의 백미인 눈의 대계곡을 체험할 수 있다. 20m가 넘게 쌓인 눈 사이로 도로를 내어 버스가 달리는 모습은 일본 최고의 풍광으로 꼽힌다. 깎아지른 설벽 사이를 걷는 체험이 놀랍고 신비롭기까지 하다.

주소 富山県中新川郡立山町芦峅寺字ブナ坂外
　　 11国有林(室堂平)
전화 076-441-3333
영업 4월 10일~11월 30일

레스토랑 다테야마 レストラン立山

무로도 터미널 2층에 위치한 레스토랑으로 도야마 산채와 해산물을 이용한 정식이 유명하다. 환경보호를 위해 모든 음식을 산 밑에서 조리해 이곳에서는 데워서만 식탁에 내고 있다.

주소 富山県中新川郡立山町芦峅寺字ブナ坂外
　　 11国有林(室堂平)
전화 076-465-3333
영업 4월 10일~11월 30일
휴무 기간 중 무휴
위치 무로도 터미널 2층

다테야마 산정 간이우체국 立山 山頂 簡易郵便局

일본에서 가장 높은 곳에 위치한 우체국이다. 알펜루트 기념우표와 엽서, 그리고 이 우체국만의 소인 때문에 관광객들의 인기를 얻고 있다.

주소 富山県中新川郡立山町芦峅寺字ブナ坂
　　 外11国有林(室堂平)
전화 076-465-3333
영업 5월 15일~10월 31일
영업시간 9:30~14:00
휴무 기간 중 무휴
위치 무로도 터미널 1층

게야키다이라 欅平 역

구로베 협곡열차의 종착역이다. 일본 환경성

의 '가오리番 풍경 100선'에 꼽힌 구로베 협
곡의 원시림과 구로베 댐에서부터 내려온 거
센 물줄기가 사람들을 압도한다.

주소 富山県下新川郡宇奈月町黒部奥山国有林
　　地内

구로베 협곡

구로베 협곡은 북알프스의 중앙에 위치한 협
곡으로 길이 86km, 표고차 3000m에 이르는
V자 형 대협곡이다. 1934년에 주부산악국립공
원에 지정되었다. 협곡을 둘러싼 산들의 평균
경사도가 35도에 이를 정도로 가파른 산과 일
본의 명수名水 100선에 선정될 정도로 맑고
거센 물은 한 폭의 동양화 같은 풍경을 보여
준다.

관광시즌 구로베 협곡열차가 운행되는
　　　5월 1일~11월 30일

도야마 시청 전망대富山市役所展望塔

도야마 시 제정 100주년을 맞아 1992년에 지
은 도야마 시청은 도야마의 랜드마크이다. 지
하 2층 지상 8층의 현대적인 건물의 맨 위층
에는 시민들과 관광객들을 위한 무료 전망대
가 설치되어 있다. 지상 70m의 전망대에서 동
쪽으로는 웅대한 다테야마 연봉이 다테야마
시를 감싸고 있는 모습을 볼 수 있고 북쪽으
로는 도야마 만, 남쪽으로는 도야마 성 등이
보인다. 무료 망원경 등이 설치되어 있으며
360도를 감상할 수 있도록 되어 있다. 다테야
마 시와 다테야마 연봉을 감상할 수 있는 최
적의 장소이다.

주소 富山県富山市新桜町7番38号
전화 076-443-2023
개관 월~금요일(휴일은 제외) 9:00~21:00,
　　　토·일·휴일 10:00~21:00
　　　11월~3월은 18:00까지
휴무 12월 29일~1월 3일
요금 무료
위치 도야마 역에서 도보 10분

이키이키칸 いきいきKAN

도야마 시 관광의 출발점. 도야마 역 앞에 위치한 CiC 쇼핑센터 5층에 위치한, 도야마 관광정보와 각종 기념물 등을 살 수 있는 도야마 관광의 거점지. 도야마 특산 마스즈시(송어 누름초밥)를 만들어볼 수 있는 등 각종 문화체험관도 다양하게 들어서 있다.

주소 富山市新富町1丁目2番3号 (富山駅前 CiC5階)
전화 076-444-7120
영업 10:00~20:00
휴무 3, 8, 12월 무휴, 부정기 휴무
위치 도야마 역에서 걸어서 2분

도야마 시 향토박물관 富山市鄕土博物館(도야마 성富山城)

도야마조시富山城址 공원에 있는 도야마 성 천수각의 내부는 도야마 시 향토박물관으로 사용되고 있다. 천수각과 박물관은 2005년 새롭게 단장해서 문을 열어 깨끗하고 현대적이다. 내부에는 전국시대에서 현재에 이르기까지의 400년이 넘은 도야마 성의 역사를 중심으로

한 도야마 시의 역사를 모형과 영상물 등 각종 자료를 통해 소개하고 있다. 4층에는 천수각 전망대가 있다. 높이 140cm에 달하는 커다란 투구가 가장 인상적인 전시물이다.

주소 富山県富山市本丸1 富山城址公園内
전화 076-432-7911
개관 9:00~17:00(최종입장 16:30까지)
휴무 연말연시(12/28~1/4)
요금 성인 200엔, 초중학생 100엔
위치 JR 도야마 역에서 걸어서 10분 도야마조시 공원 내

아이즈 성 鶴ヶ城

아이즈와카마쓰에 위치한, 일본에서도 몇 손가락 안에 드는 아름다운 정원을 지닌 성이다. 1384년에 지어졌지만 성의 상징인 천수각

은 메이지 시대 허물어진 후 20세기 중반에 복원된 것이다. 천수각의 모습과 주변의 잔디밭과 전통찻집 등이 멋진 조화를 이루는 곳이다. 인력거로 성을 돌아볼 수도 있다.

주소 福島県会津若松市追手町1-1
전화 0242-27-4005
입장료 천수각-고등학생 이상 400엔, 중학생 이하 150엔, 천수각과 차실 공통입장료-고등학생 이상 500엔, 중학생 이하 150엔
개관 24시간(천수각은 8:30~17:00)
휴무 천수각-7월 첫째 월요일에서 목요일, 12월 첫째 화요일에서 목요일
위치 순환버스로 아이즈 성 기타구치北口 하차

이모리 산 飯盛山

막부와 메이지 정부의 보신전쟁 때 소년병들이 자결한 곳으로 유명하다. 당시의 무덤과 기념관 등이 있고 밑으로 일본의 국보인 사자에도さざえ堂가 함께 있다. 사자에도는 에도 시대 중기인 1796년에 만들어진 6각 3층탑으로 1층에서 3층까지 나선형으로 만들어져 슬로프처럼 한번에 맨 꼭대기까지 올랐다가 다시 나선형 구조를 타고 1층으로 내려와 반대편 문으로 나오는 특이한 구조의 건축물이다.

주소 福島県会津若松市一箕町
요금 사자에도 요금 어른 400엔, 대학생/고등학생 300엔, 중학생 이하 200엔
개관 사자에도 개방시간 8:15(12월~3월 9:00)~ 일몰
휴무 연중무휴
위치 셔틀버스로 이모리야마시타飯盛山下 정류장에서 걸어서 5분, 이이모리야마飯盛山 정류장에서 걸어서 3분 소요

이나와시로코 猪苗代湖

아이즈 지역에 위치한 이나와시로코는 면적이 104㎢로 일본에서 네번째로 큰 호수다. 맞닿아 있는 반다이 산의 험준한 산세와 파란 하늘을 비추고 있어 '하늘을 비추는 호수'라는 별칭이 붙을 정도로 물이 맑다. 겨울에는 백조들이 날아들며, 호수 주변의 스키장은 도쿄의 스키어들이 즐겨 찾는 곳이다.

주소 福島県耶麻郡猪苗代町
전화 0242-62-2048
위치 JR 이나와시로猪苗代 역에서 아이즈 버스를 타고 아이즈와카마쓰 방면으로 15분 나카하마長浜에서 하차

숙소

류곤 龍言

300년이 넘은 무사의 집을 개조해 만든 250년의 역사를 지닌 니가타의 전통 료칸. 4천 평이 넘는 일본식 정원과 목조 건물, 맛있는 가이세키 요리와 노천온천 등 전분야에서 일본 료칸을 대표할 만한 요소를 두루 갖춘 곳이다. 2인 1실 기준으로 1인당 2만5천 엔에서 5만 엔까지 하는 비싼 곳이다.

주소 新潟県南魚沼市坂戸山際79

전화 025-772-3470

위치 JR 조에쓰센上越線, 호쿠호쿠센ほくほく線 무이카마치六日町 역에서 걸어서 20분, 전화 연락시 료칸에서 무료로 픽업, JR 조에쓰신칸센上越新幹線 에치고유자와越後湯沢 역에서 택시로 30분

인터넷 www.ryugon.co.jp

ANA 크라운프라자 호텔 도야마ANAクラウンプラザホテル富山

도야마 중심에 위치한 위치한 도야먀 최고의 호텔. 도야마성 길 건너편에 위치한 ANA 크라운 프라자 호텔은 중심가에 있으면서도 한적한 분위기를 내는 국제적 호텔로서 일명 '도야마의 영빈관'으로도 불린다. 넓은 로비도 인상적이지만 도야마 시내가 한눈에 들어오는 전망이 특히 좋다. 도야먀 성과 한적한 도시의 모습이 여행자들을 반긴다. 특히 1, 2월에는 눈의 도시 도야마와 다테야마 연봉을 감상하는 데 최적의 장소이다.

주소 富山県富山市大手町2-3

전화 076-495-1111

위치 JR 도야마 역에서 걸어서 15분

우나쓰키 그랜드호텔宇奈月グランドホテル

우나쓰키 온천에서 가장 오래된 온천장. 대리석으로 만든 대욕탕과 노천온천에서 구로베 협곡을 조망할 수 있다. 객실은 일본식 다다미 방을 중심으로 갖추어져 있다. 객실에서 보이는 구로베 협곡의 사계가 장관이다. 인근 바다에서 나는 해산물과 산에서 나는 산채가 멋진 조화를 이루는 가이세키 요리도 추천할 만하다.

주소 富山県黒部市宇奈月温泉267

전화 0765-62-1111

위치 JR 우나쓰키宇奈月 역에서 걸어서 3분

구사쓰 야마모토칸草津山本館

일본 최고의 온천 구사쓰를 대표하는 유서깊은 료칸. 구사쓰의 상징인 온천밭과 온천을 한눈에 내려다보는 최고의 전망에 최정상급의 요리로 명성이 자자한 고고한 료칸이다. 가격은 1박에 2만 엔 안팎으로 만만치 않다.

주소 群馬県吾妻郡草津町草津404

전화 0279-88-3244

위치 JR 아가쓰마센吾妻線 나가노구사쓰구치長野原草津口 역에서 버스로 20분, JR 나가

노신칸센長野新幹線 가루이자와軽井沢 역에
서 버스로 60분

히가시야마온센東山温泉 무카이타키向瀧

1872년에 지어져 일본의 국가 문화재로 등록
된 유서 깊은 목조 료칸이다. 오래된 목조 건
물에서 풍겨나는 고고함이 느껴진다. 온천 중
앙의 인공호수와 촛불 장식도 이 집을 유명하
게 만들었다. 료칸의 모습을 체험하는 데 제
격이다. 가격은 1만5천 엔 이상.

주소 福島県会津若松市東山町大字湯本字川向
　　200番地
전화 0242-27-7501
위치 JR 반에쓰사이센磐越西線 아이즈와카마쓰
　　会津若松 역에서 택시로 15분(약 1700엔),
　　아이즈버스나 관광버스 하이카라 상으로
　　20분, 종점 히가시야마온센 하차 후 걸어
　　서 2분

주소 福島県喜多方市一本木上7745
전화 0241-22-0091
영업 10:00~20:00
휴무 화요일, 1월1일
위치 JR 기타카타 역에서 걸어서 5분

식당

겐라이켄源来軒

라멘집이 130여 개가 넘을 정도로 유명한 기
타카타의 라멘 원조집이다. 기타카타라멘은
담백한 맛이 특징이다. 겐라이켄은 중국인이
처음으로 기타카타에 연 라멘집이다. 쇼유(간
장)라멘에 해산물이 들어간 국물이 담백하고
고소하다.

2부

도호쿠 東北

바람과. 바다와. 숲의. 만남

쓰루오카

니가타 역이 붐볐다. 눈이 본격적으로 내리기 시작한 것이다. 비행기도 버스도 기차도 제대로 움직이지 못하자 사람들이 기차역으로 몰려온 것이다. 사 일 만에 손에 쥔 JR패스 교환권을 JR패스로 교환했다. 서울에 두고 온 JR패스를 전해 받은 것이다. 나도 드디어 내 맘대로 기차를 타고 내릴 수 있는 매직을 손에 넣었다. 삼 일 동안 동행했던 일행들은 니가타에서 다음날 한국으로 돌아가기로 했다. JR패스까지 빠뜨리고 온 내가 못 미더워 친구 K는 근심 가득한 얼굴로 잘 챙기고 잘 다니라는 말을 몇 번이나 반복한다.

　짧은 만남 짧은 이별을 뒤로하고 여섯 시 쓰루오카鶴岡 행 특급열차를 탔다. 어둠이 짙게 깔렸지만 눈이 하늘에서 퍼붓고 있는 것은 알 수 있다. 창밖으로 하얀 사선처럼 날리는 눈송이들, 철로에 쌓인 눈들 그리고 계속되는 연착과 플랫

폼에 가득 찬 눈들을 뚫고 기차는 쓰루오카에 도착했다. 나중에 안 사실이지만 이날부터 시작해 내가 북상하는 코스를 따라 수십 년 만에 폭설이 내렸다. 여덟 시가 조금 넘은 시간이지만 역은 무심한 눈만이 가득하다. 꽤 많은 사람들이 쓰루오카에서 내렸지만 순식간에 사라졌다.

이 년 전 2월의 겨울, 나는 쓰루오카에 내렸다. 차가 역 앞에 마중 나와 있었다. 건장한 모습의 중년의 사나이 가토 아리요시加藤有慶. 이곳에서 사케 양조장을 운영하고 있는 사람이다. 눈이 쌓인 국도를 삼십 분 달리자 검은색 나무 건물에 금박의 간판이 도드라지게 빛나는 에이코후지榮光富士 양조장이 나타났다. 하얀 눈 속의 검은 건물 때문에 금박 간판이 아니었다면 흑백사진 속에 들어온 착각이 들 정도로 이곳은 무채의 마을이다. 유리 미닫이문을 열자 비로소 노란색의 따스한 빛이 흘러나온다. 오래된 나무들이 그 빛을 받아 온기를 뿜어낸다. 나무는 살아서도 죽어서도 사람들을 편안하게 하는 마력이 있다. 가토 사장의 아버지이자 12대 사장이었던 회장 가토 상이 나를 반갑게 맞는다.

나는 사케 책을 쓰기 위해 전국의 유명한 사케 양조장을 찾아다니던 길이었다. 에이코후지는 작지만 전국적으로 사케 마니아들을 거느린, 최상의 사케를 만드는 양조장이다. 일본의 사케는 쌀과 물과 국麴, 쌀을 사케로 만드는 중간단계인 당화과정에 필요한 미생물과 효모로 만든다. 쌀로 만든 술은 쌀을 닦거나 쌀을 닦지 않는다. 전자를 준마이슈純米酒라 하고 후자를 긴조슈吟醸酒라 한다. 에이코후지의 히토리요가리고자카야노히토리요가리古酒屋のひとりよがり라는 사케는 세련되고 정교한 기술자들의 손을 거치면서 쌀맛을 잊는다. 멜론 같고 수박 같은 향이 은근하게 감도는 히토리요가리의 명성이 이방인을 이 먼 곳으로 끌어당겼다. 도착해서 안 사실이지만 가토라는 낯설지 않은 이름은 임진왜란의 일본측 선봉장이었던 가토 기요마사加藤淸正에서 기인한다. 에이코후지는 가토 기요마사의 직계자손들이 운영하는 양조장이다. 한반도를 어지럽힌 일본 최고의 다이묘大名, 헤이안平安 시대부터 19세기 말까지 존재한 각 지방의 세력가의 후손들이 양조장을 한다는 것이 언뜻 납득하기 어려웠다. 임란 패전 후 가토는 규슈의 다이묘가 된다. 그러나 얼마 지나지 않아 그는 죽고 그의 어린 아들이 대를 잇지만 곧바로 숙청되어 규슈에서 수백 킬로미터 떨어진 오지 오야마大山로 추방된다. 밥을 위해 가토의 자손들은 칼 대신 술을 만들어야 했다. 에도 막부 시절 내내 가토 가문은 주홍글씨가 찍힌 가문이었다. 가문은 철저히 어둠 속에서 살았다. 가토 가문이라는 증표

는 오래된 건물에 뱀눈 문양으로만 남아 있다.

오야마는 에도 시대, 나다灘와 더불어 최대의 사케 생산지였다. 산이 깊고 물이 좋은 것이 가장 큰 이유였다. 수십 개의 양조장들이 번성했지만 1920년대 대화재 때 대부분 소실됐다. 그중 가장 번성했던 양조장 세 곳이 살아남았다. 에이코후지도 그중의 한 곳이었다. 철저하게 질로 승부하는 에이코후지는 최상의 사케로 명성이 자자하다. 13대째 사장인 가토는 나와 동갑이다. 우린 금방 친해졌다. 다음에 다시 만나면 쓰루오카에서 술 한잔하자던 약속이 나를 이곳으로 이끌었다.

여섯 시 예정의 약속이 세 시간이나 늦어진 저녁, 가토가 기다리는 이자카야에 도착했다. 자주 만나야만 우정이 아니다. 마음에는 더 깊은 것들이 있다. 이 년 만의 제대로 된 만남, 문어 사시미와 오마카세스시모둠 스시, 에이코후지의 명주들이 곁들여졌다. 혼가라구치本辛口와 바류萬流 같은 술에서 히도리요가리 같은 다이긴조까지 몇 시간의 기다림도 몇 년 만의 재회도 굳은 우정 앞에서 우물쭈물할 곳이 없다. 이 년 전의 추억과, 12대 사장인 가토 상 부친의 사케 이야기가 사케를 마시며 계속되었다. 늦은 밤 역 앞의 비즈니스호텔에 몸을 뉘었다. 긴 하루였다.

12대 사장인 가토 상은 여행을 다녀온 후 2010년 4월에 세상을 떠났다.

쓰루오카에서 신조 가는 길

이른 아침 동녘의 역사 위로 아직 숨지 못한 초승달이 차갑다.

2월 5일 7시 15분, 쓰루오카 발 아키타秋田 행 기차가 앞뒤로 눈을 잔뜩 이고 들어와 아직 푸른빛이 감도는 역을 떠난다. 잠이 덜 깬 학생들 틈에 끼어 다시 길을 나선다. 어젯밤처럼 기차는 십 분 늦게 도착했다. 어제부터 시작된 폭설의 영향이다. 이곳은 평탄한 땅이다. '폭주 기관차' 처럼 거칠 것 없이 달리는 기차에 때문에 땅에 겨우 안착한 눈들이 안개처럼 흩날린다. 창밖은 더욱 몽롱해졌다.

누구나 꿈꾸는 여행이 있다. 나에게는 겨울 기차 여행이 그것이다. 문득 〈닥터 지바고〉가 떠올랐다. 중학교 시절, 나는 〈닥터 지바고〉의 한 장면에 눈을 뗄 수가 없었다. 백색의 대지를 달리는 기차, 달리는 기차에서 문을 열자 문

에 붙은 눈들, 그리고 라라와 함께 눈 덮인 별장으로 가는 마차와, 창문의 성에를 닦고 책상에 앉아 잉크로 글을 쓰던 사각거리는 소리는 지금도 생생하다. 오마 샤리프는 내겐 꿈 그 자체였다. 쓰루오카의 하얀 대지를 달리면서 비로소 눈에 대한 내 욕망의 트라우마를 발견한 것이다. 애니메이션 〈은하철도 999〉이건 〈폴라 익스프레스〉이건 기차가 소년들에게 주는 매력은 분명하다. 이상한 곳, 검은 숲같이 불온하지만 사람을 끌어당기는 그 공간을 향해 나아갈 수밖에 없는 호기심. 그곳으로 향해 가는 기차 소리에 심장이 터질 것 같은 소년들. 종착역에 다다르면 나만을 위한 궁전이 있을 것 같은 환상을 오랫동안 꿈꿔온 기억들이 기차 소리와 눈보라와 아침햇살과 시시각각으로 변하는 눈 덮인 대지의 변화 속에서 되살아났다.

쓰루오카에서 아마루메余目, 그리고 신조新庄로 이어지는 땅은 평범한 들판이다. 평범한 들판도 오랫동안 이어지면 특별한 것이 된다. 가을걷이가 끝난 황량한 논들이 눈으로 곱게 단장하자 비단결처럼 고운 피부를 자랑한다. 밤새 내린 눈은 아침 햇살에 반짝반짝 빛난다. 오랫동안 들판을 달리는 기차는 학생들의 공간이다. 겨울의 아침은 온전히 학생들의 몫이다. 후루쿠치古口, 평범한 역 중에서도 더욱 평범하고 작은 이름이지만 이 작은 간이역을 지나자 눈이 부쩍 많아진다. 사람들이 줄어들면서 기차는 두 량으로 짧아진다. 사람들이 없는 곳에 눈이 많아진다. 사람과 눈과 기차는 정확한 함수관계에 있다. 눈이 사람을 못살게 하고, 사람이 적게 사는 곳의 기차는 작아지고, 운행 편수는 줄어든다.

눈이 많아진 공간에 문득 강이 나타났다. 맑은 하늘 때문에 강이 거울처럼 깊다. 눈을 덮은 산들과 나무들이 고요한 강에 스크린처럼 투영된다. 기차는 그렇게 그곳을 달린다. 이것이 일본의 풍경이다. 일본의 철도는 강을 따라 지어진 것들이 많다. 긴 나라를 기차는 어디는 간다. 겨울이면 눈이 많이 오는 오지들 중에는 기차가 아니면 가지 못하는 곳도 많다. 기차는 깊은 땅에 사는 사람들의 가장 강력한 일상이다. 눈밭 곳곳에 삼나무들이 그림 같은 풍경을 연출한다. 눈이 잔가지 없는 밑동까지 빽빽하게 메우고 있다. 자세히 보면 자연이나 인간이나 이런 자연스러움에서 한 치도 벗어날 수 없다. 꽤 오랫동안 거울 같은 풍경이 지나간다.

신.조

하늘이 파랗다. 태양빛이 가까워졌다. 신조新庄 역 앞의 길은 온통 안개가 자욱하다. 10미터도 구분하지 못할 정도의 증기가 도시를 미궁 속에 빠뜨린다. 맑은 하늘에서 내리는 태양빛에 눈이 녹으면서 생긴 증기인 줄 알았는데 땅에서 나오는 온천물 때문이다. 눈이 오는 날이면 도로에는 얼지 않는 온천물이 스프링클러처럼 뿜어나와 눈을 녹인다. 차도는 그래서 눈이 쌓이지 않는다. 매일 엄청난 눈과 싸워야 하는 일상이 이런 모습들을 만들어낸다. 맑은 하늘 때문에 더 춥게 느껴지는 거리가 후끈거리는 열기와 만나 지나가는 모든 것들과 서 있는 모든 것들을 감추거나 드러낸다. 온천물 덕분에 눈이 없는 블록 사이로 풀들이 돋아 나 있다. 초록의 연한 잎은 눈을 이고도 푸르다. 시멘트보다 눈보다 따스한 물이 주는 생명력은 이렇게 원초적이다.

사람 키 높이로 쌓인 눈이 녹아 계란처럼 타원형 커브를 그리자 그 위로 빛이 구부러진 만큼 내린다. '진짜, 중국요리, 쇼와식당'이 눈 속에 선명하다. '머리 조심'이라는 안내문이 작은 건물들 사이에 걸려 있다. 밤새 언 고드름이 창처럼 날카롭게 달려 있다가 해가 뜨면 녹아 칼처럼 땅으로 떨어진다. 신조의 건물들은 한국의 작은 읍을 연상시킨다. 사각으로 투박하게 만든 시멘트 건물에 약간 촌스러운 간판과 다양한 색을 칠한 외벽들까지 일본어가 아니라면 남도의 어느 읍이라고 해도 어색하지 않을 풍경이다.

눈 때문에 공원에 발도 못 내밀고 역으로 돌아오는 길목, 역 앞에 '급행식당'이란 식당이 눈에 걸린다. 일본의 기차 여행 가이드북에 빠지지 않고 등장하는 유명한 역전식당이다. 입구에는 천국라멘과 지옥라멘, 스포츠라멘 같은 기

이한 이름들이 견고하게 붙어 있다. 유리로 된 미닫이문, 찰랑거리는 노렌일본 가
게의 상징으로 출입구에 상호를 적어 걸어두는 천, 보통 스승이 독립하는 제자에게 주는 경우가 많
다 밑으로 몸을 숙여 가게 안으로 들어서자 정삼각형의 가게가 기묘한 분위기를
연출한다. 입구는 넓고 가게 끝이 삼각형의 끝점처럼 수렴되는 공간이다. 급행
식당이란 이름과 달리 급할 게 하나도 없어 보이는 완행의 분위기가 물씬 풍긴
다. 오래된 괘종시계에 붓으로 쓴 정겨운 메뉴판들, 그리고 탁자에 느긋하게 앉
아 TV를 보거나 음식을 먹는 몇몇의 사람들, 대기의 찬바람과 대지의 온천물로
차갑거나 뜨거운 것들이 부딪쳐 아수라장 같은 거리의 분위기가 순간, 훈훈한

가족영화의 세트장처럼 따스해진다. 이곳을 유명하게 만든 게 음식이 아니라 이런 분위기라는 것을 아는 데는 일 분도 안 걸렸다. 쇼유라멘을 시켰다. 담백한 국물, 기름기도 살짝, 짠맛도 약간, 거기에 매끄러운 면발의 밸런스가 좋다. 맑은장국에 말아먹는 국수 같은 편안한 맛이다. 일본의 산간지역은 이런 라멘이 대세다. 양으로 먹는 음식이 아니다. 추위를 이기기 위한 온기를 먹는 음식이다. 속이 따뜻해진다.

밖으로 나오자 증기가 많이 줄었다. 대기의 온도가 그만큼 상승한 결과다. 신조 역은 급행식당과는 대조적으로 높은 천장과 유리창문, 나무탁자와 의자가 잘 정돈된 현대식 대합실과 축제에 쓰이는 거대한 장식들로 활기차다. 그 역으로 지붕에서 바퀴까지 온통 눈 폭탄을 맞은 기차가 힘겹게 역 구내로 들어온다.

　　신조를 출발한 기차는 깊은 산을 달린다. 눈이 있는 곳에 눈은 내리고 눈이 내리는 한 눈은 쌓인다. 눈은 내리거나 그치거나를 반복하지만 2월의 대지는 눈이 녹는 속도보다 눈이 쌓이는 속도가 더 빠르다. 이곳에서 봄을 기다리거나 대지를 보는 일은 아득히 멀기만 하다.

요코테橫手는 가마쿠라かまくら의 도시다. 도착한 날 가마쿠라 축제는 아직 시작되지 않았다. 눈 속에 산모의 자궁처럼 부풀어오른 이글루의 일종인 가마쿠라는 밤이면 노란색 촛불을 밝혀 사람들을 불러모은다. 사백 년 동안 사람들은 아마자케甘酒, 술지게미에 물과 설탕을 넣어 만든 술를 마시고 떡을 구워먹고 신년의 기원을 한다. 눈이 많은 도시에서 가능한 일이고 눈이 많아야 그 존재감을 드러내는 것이다. 가마쿠라 축제가 있기 며칠 전에 방문한 탓에 요코테에는 가마쿠라가 없었다. 가마쿠라 없는 요코테는 그저 거친 눈의 도시였다. 함박눈처럼 부드럽지 않은 눈이 세차게 하늘에서 내려와 빠르게 쌓였다. 사람들은 외출을 삼갔다. 모든 사물들이 회색으로 수렴된다.

역에서 도보로 십 분, 평상시에 그리 멀지 않은 거리를 북극탐험대처럼 눈

보라를 헤치고 걸었다. 요코테 문화회관, 이곳에서는 일 년 내내 가마쿠라를 체험할 수 있는 전시관이 있다. 두 개의 이중문을 열고 냉장창고 같은 전시관으로 들어서자 가마쿠라가 있다. 이글루를 연상하면 되는 눈집이다. 노란빛을 받아 눈집이 노랗다. 겨울이면 가마쿠라에 촛불을 켜놓고 들어가 액운을 막고 행운을 빈다.

그 옆으로 2009년 일본의 대중음식 콘테스트인 B1 그랑프리에서 대상을 받은 요코테 야키소바에 관한 선전문구가 가득하다. 가난한 노동자들이 먹던 야키소바는 이제 가장 인기 있는 일본의 대중식이 되었다. 밀가루면에 각종 야채와 돼지고기를 넣고 달달한 굴소스와 간장소스로 간을 한 후 철판에 볶아먹는 이 음식은 한 끼 식사로도 좋지만 간식으로도 널리 알려져 있다. 잠시 동안의 안락함은 밖을 나서자 다시 거센 현실을 맞이해야 했다. 눈바람이 거세다. 그 속에서 사람들이 거대한 눈탑을 쌓고 있다. 가마쿠라를 짓고 있는 것이다.

이곳의 명주 아마노토 天の戸의 양조장인 아사마이 淺舞 양조장을 가려던 계획도 가마쿠라를 보려던 계획도 모두 수포로 돌아갔다. 아사마이 사장과 다음날 약속을 잡은 뒤 나는 아키타로 후퇴하기로 했다. 이 작은 도시에서 이 거친 눈을 맞으면서 밤을 보낼 자신이 없어졌기 때문이다.

하늘에서 내리는 눈은 대지를 가리지 않는다. 바람만이 그들을 조금 움직일 뿐이었다. 어둠이 일찍 찾아온 선로로 눈이 쌓인다. 선로는 보이지 않지만 기차는 나아간다. 선로가 거기 있음을 기차는 나아감으로써 드러낸다. 철길의 눈들이 기차의 무게와 속도를 이기지 못하고 날아올라 안개처럼 퍼져나간다.

기차의 속도는 거친 바람을 가르므로 바람은 소리로서 장렬하게 사라진다. 기차바퀴와 열차 사이의 연결통로, 문이나 창, 틈새가 있는 모든 곳에서 규칙적으로 덜컹거리는 소리가 난다. 눈이 다른 모든 소리를 빨아들인 탓인지 기차 여행하는 내내 인식하지 못한 소리들이다. 기차의 모든 소리가 바람소리와 섞여 반복되자 사람들은 이내 그 소리를 잊어간다. 사람들은 책을 보거나 화장을 고치거나 친구와 이야기를 나눈다. 거친 눈과 소리에서 그들의 사소한 행동으로 눈길이 간다. 그들의 일상이 편안하게 느껴질 무렵 기차는 아키타에 들어섰다.

일본 혼슈의 끝 아키타 秋田 는 추웠다. 바람이 불 때마다 바늘 같은 추위가 노출된 모든 곳을 자극한다. 바람과 함께 눈이 날렸다. 역 근처의 숙소에서 버스를 탔다. 아키타에는 도호쿠 제일의 이자카야 슈하이 酒盃 가 있다. 그 자자한 명성 때문에 추위를 뚫고 버스를 탔다. 몇 번을 확인했건만 슈하이는 어둠 속에, 추위 속에 꼭꼭 숨어 있었다. 지도를 들고 내장까지 뚫고 들어오는 추위를 견디며 길을 걷다 인상 좋은 아주머니 한 분을 만났다. 거리에 사람이 거의 없는 터라 아주머니에게 슈하이를 물었다.

"한 블럭 더 가면 있어요, 슈하이."

아주머니도 알 정도로 슈하이는 유명하다.

한국에서 도호쿠의 끝 이자카야를 찾아간 중년의 남성이 신기한 듯 그녀는 그 추위에도 몇 분간 길을 동행하며 슈하이를 알려주었다.

"오늘 춥네요."

"오늘이 이번 겨울 들어 가장 추운 날이에요."

"아, 네……."

"그런데 재미있네요."

"뭐가요?"

"난 모레 제주도로 여행을 가거든요. 누구는 추운 이곳을 찾아 한국에서 오고, 누구는 추운 이곳을 떠나 따뜻한 제주도로 가는 게요."

짧은 동행이 끝나고 작은 골목길을 들어서자 어둠 속에 작은 전등이 반짝인다. 단박에 슈하이임을 알 수 있을 정도로 묘한 존재감을 지닌 일본식 단층 목조 건물 앞에 세워둔 안내등이다. 문을 열자 나무 카운터와 둔중한 실내 분위기가 따스한 온기와 함께 새어나온다. 눈을 털면서 시계를 보니 이제 겨우 여섯 시다. 종업원이 나와 일곱 시 반까지 카운터만 이용할 수 있다는 말을 전한다. 이곳에 예약 없이 오는 사람들은 나 같은 뜨내기, 혹은 외국인들이다. 외국인 뜨내기인 나는 한 시간 반의 시간이 고마울 따름이다. 일곱 좌석 정도의 카운터 끝에 톰보이 스타일의 여자가 혼자서 사케를 마시고 있다. 자리에 앉아 눈인사를 나누는 동안 오쓰마미가 나왔다. 무려 여섯 개의 오쓰마미가 작은 쟁반에 담겨 나온 것이다. 일본의 이자카야는 자리에 앉으면 자동으로 오쓰마미라는 작은 안주를 내놓는다. 그 이자카야의 실력을 가늠하는 요리이자 주문한 요리가 나오기 전에 먹는 전채 요리다. 문제는 하나에 5백 엔 정도를 받는다는 것이다. 여섯 개면 적

어도 3천 엔이 넘는다.

"이거……."

젊은 종업원이 무슨 말인지 알았다는 듯 웃는다.

"무료예요."

"어, 정말요?"

"예."

뭔가 이곳은 다른 규칙이 적용되고 있는 공간이다. 사람들의 손때로 번들번들해진 카운터 위로 불규칙한 재즈음악이 규칙적으로 흘러나왔다. 슈하이로

들어선 지 십 분 만에 난 완전히 이 공간의 일부가 된 기분이었다. 눈의 초가집이란 뜻의 유키노보샤雪の茅舎를 시켰다. 안주는 시라코사시미, 아귀의 생내장이다. 생선의 생내장 때문에 머뭇거리는 촌놈에게 카운터 끝의 여자가 멘트를 날린다.

"그거 맛있어요, 겨울에. 그러니까, 지금이 최고예요."

"어, 그래요…….“

"나도 그거, 오늘 먹었어요."

"그래요."

눈처럼 하얀 아귀 내장을 한입 베어물었다. 달콤하다. 비린내도 없다. 푸아그라보다 보드랍고 가을 전어처럼 기름진 것이 매끄럽게 식도를 타고 내려가면서 온 내장에 코팅을 한다. 유키노보샤가 그 뒤를 잇는다. 전통방식으로 만든 야마하이준마이山廢純米 사케답게 복잡하고 깊고 그윽한 맛이 아귀 내장에 향을 더한다. 달고 쌉사름하다. 추위 속에 움츠렸던 나의 내장이 사케 때문인지 온기 때문인지 따스해진다. 두 번 타는 보일러처럼 온기가 내장을 위아래로 옮겨다니자 취기가 올라오기 시작한다.

그래서 문득 카운터 끝의 여자에게 말을 걸었다.

"뭐하시는 분이길래 이 시간에 혼자 술을 먹죠?"

"영업사원인데 전국을 돌면서 음식을 먹는 것 때문에 즐기며 일해요. 당신은 무슨 일로 이 시간에 이곳에 왔죠? 외국인인 것 같은데."

"난 직업이 돌아다니는 사람인데요, 전세계를 돌면서 음식을 먹는 것 때문에 기꺼이 떠돌아다닌답니다."

뭐 이런 이야기들 오가고 그리고 조금씩 속으로 웃었다.

옆에 놓인 캐리어 가방이 그녀의 말을 증명하는 신분증처럼 버티고 있다.

"난 조금 뒤에 신칸센을 타고 도쿄로 가요. 가기 전에 한잔하는 거예요."

그 말을 마지막으로 그녀는 미소와 작별인사를 남기고 세상의 끝처럼 어둡고 차가운 골목으로 사라졌다.

그녀가 떠난 뒤 다시 한 쌍의 연인이 그 자리에 앉아 오쓰마미를 먹고 사케를 시켜 먹었다. 사람들이 한 명 두 명 이자카야 안으로 들어왔다. 몇 잔의 사케와 한두 개의 안주를 더 먹는 동안에 내게 주어진 시간은 빠르게 흘러갔다. 취기와 온기로 달아오른 내 몸은 이제 춥고 어두운 길에 나서도 그닥 외롭지 않을 것 같았다. 미닫이를 열고 길로 나서자 들어오기 전보다 더 심해진 추위가 거센 바람과 함께 닥쳐왔다. 호텔 지하 편의점에서 맥주 몇 캔을 사들고 방으로 들어왔다. 역 앞에 있는 비즈니스호텔의 10층 커튼을 열자 도시가 눈보라와 함께 몽롱하게 보였다 사라졌다를 반복한다. 건물을 타고 거센 바람소리가 울려왔다. 밤새 아키타와 나는 세찬 눈보라 속에 숨죽이고 누워 있었다.

아키타에서 요코테로

긴 하룻밤 동안 1미터가 넘는 눈이 아키타를 붕대처럼 칭칭 감쌌다. 사람들은 조금 힘겨워했다. 아침 일찍 아키타를 떠났다. 내게 아키타는 눈과 바람과 추위와 슈하이의 도시로 그렇게 남았다. 폭설은 멈췄지만 바람은 여전했다. 바람에 기차가 흔들리는 것을 느낄 정도였다.

전날 통화한 덕에 요코테의 폭설 속에 아사마이 주조淺舞酒造의 사장 가키자키 히데모리柿岐秀衛 상이 역 앞에서 나를 반겼다. 이 먼 요코테를 오게 한 건 눈과 가마쿠라와 아마노토라는 명주였다. 서울에서 사케 세미나에서 만났던 가키자키 상은 서울을 떠나기 전 나에게 자신의 양조장에 한번 들르라고 했다. 빈말이었는지 진심이었는지는 모르지만 나는 그때의 약속을 지켰다. 요코테 역에서 양조장이 있는 아사마이淺舞로 가기 전 그는 사케를 한군데 배달하고 간다고 양

해를 구했다. 사람이 다니는 곳만이 겨우 눈을 걷어낸 길을 걸어 요코테橫手 시
내에 있는 요코테 신사로 들어갔다. 신사를 그렇게 많이 와봤지만 신사 내부로
들어가기는 처음이었다. 신사는 사케의 중요한 소비처이다. 신에게 드리는 제
사에 술이 빠지는 법은 동서와 고금을 불문하고 없는 법이다. 새로 만든 신슈新
酒 몇 박스를 건넨다. 신년 제사에 신슈는 꼭 필요한 신물이다. 눈이 조금씩 내
리기 시작하는 길 옆으로 논들이 겨울눈을 담아내고 있다. 눈은 땅을 누르고 그
눌린 땅속으로 스며들어가 봄이면 기어이 벼를 키울 것이다.

논길을 따라 달린 지 삼십 분, 작은 마을로 들어섰다. 아침 아홉 시경 아마
노토 양조장 앞에는 아침 시장이 파시를 맞고 있었다. 그렇게 눈이 내리고 바람

이 불어도 시장이 일을 멈추는 일은 없다. 여전히 생선과 야채, 과일 들이 눈 속에서도 꿋꿋하다. 여행을 하는 내내 난 전통시장과 그곳에서 일하는 사람들이 좋아졌다.

그 시장 끝에 백 년이 된 아사마이 주조가 있다. 나무와 돌로 지어진 오래된 건물이 눈과 함께 과묵하다. 양조장 입구의 오래된 돌기둥에 태극무늬 반쪽 모양과 비슷한 조각이 새겨져 있다. 아마노토 天の戸, 즉 천국

의 문이다. 아마노토는 천국의 문이면서 하늘의 바위마을이자 해와 달을 건너는 하늘의 길이기도 하다. 백 년은 된 돌기둥에 새겨진 희미한 문양이 수메르인들의 설형문자처럼 낯설고 신비롭다. 양조장 입구에 파란 스기다마 杉玉가 눈을 맞아 반쯤 하얗다. 스기다마는 삼나무잎으로 엮은 둥근 조형물이다. 사케 만들기가 시작되면 푸른 스기다마를 매단다. 사케 만들기가 끝나고 사케와 완전히 익는 일 년 후에는 완전한 갈색으로 변한다. 사케가 완전히 익은 색과 같다. 그래서 스기다마는 사케의 물성을 닮았고 그래서 양조장의 상징이 된 귀물 貴物이다.

이곳의 사장 가키자키 상과 주변을 둘러보았다. 작은 개천을 경계로 시장과 양조장과 마을과 신사가 하늘길처럼 나뉘어 있었다. 발이 푹푹 빠지는 길 위로 눈이 계속 내렸다. 신사와 오래된 나무도 눈 속에 무심하다. 아사마이 주조라는 이름은 이 마을의 이름에서 따온 것이다. 이백 년이 넘게 이 땅을 지켜온

가키자키 가문의 삶의 터전이다. 2차대전 이전에 이곳은 기차가 들어오던 번성한 땅이었다. 요코테가 발달하면서 이곳은 작은 마을이 되었고 기차 노선도 끊겼다. 그렇다고 사람들의 삶이 중단되거나 오랫동안 이어온 농사가 멈춘 것은 아니었다. 가키자키 사장과 내부를 둘러보고 오래된 사무실 난로에 앉아 이런저런 이야기를 나누는 동안에 유리 미닫이문 너머로 눈이 더 많이 더 차곡차곡 쌓였다. 행운을 빌어주는 작은 자기 인형 고양이들이 미소 짓고 있다.

"식사를 같이합시다."

"아, 네."

사무실 반대편의 문을 열자 작은 식당에 십여 명이 둥그런 탁자에 둘러앉아 식사를 기다리고 있다. 사장의 간단한 소개에 강한 힘이 느껴지는 사내 한 명이 말을 건다.

"추운 날 이곳까지 와서 많이 봤소?"

"아, 네."

"많이 드세요."

양조장의 군대식 조직을 생각하면 사장 앞에서 거침없는 이야기를 하는 그의 위치를 짐작할 수 있다. 사케 만들기의 총 책임자인 도지杜氏 모리야 고이치森谷康市다. 도지는 자신만의 고유한 기술을 보유한 장인으로 겨울이 되면 양조장에 들어가 사케를 만든다. 도지 밑으로 십여 개의 직책이 있을 정도로 엄격한 규율을 가지고 있다. 그런데 이곳 사장과 도지는 중학교 시절부터 친구다. 사장과 도지가 친구인 경우는 흔치 않다. 백 년 된 아사마이 주조가 일본을 넘어 세계적

인 사케 구라모토_{양조장}가 된 데는 이 두 사람의 관계가 중요한 역할을 했다. 경영책임자와 제조책임자, 프로듀서와 감독의 관계를 그들은 실력과 우정으로 다져왔다. 1996년 아마노토 우마시네天の戸 美稲라는 사케가 세상에 등장하자 사케 마니아들과 일반인들이 모두 열광했다. 저렴하고 깔끔한 최고의 명주는 이제 미국과 전세계를 상대로 한다. 모리야 도이치 도지의 기술은 사케를 만드는 겨울에만 국한된 것이 아니다. 그는 다른 도지와 달리 일년 내내 아사마이에서 먹고 일한다. 그는 일본의 사케계의 명언을 하나 만들어낸 사나이다. '하전동장夏田冬藏', 여름에는 농사짓고 겨울에는 술을 빚는다는 말이다. 이곳의 사람들은 여름에 아사마이의 기름진 농토에서 농사를 짓고 가을에는 수확하고 겨울에는 사케를 만든다. "사케의 시작은 농사"라는 단순하고 본질적인 명제는 일본의 사케 장인들에게 큰 영향을 끼쳤다.

물과 쌀과 국과 효모로만 만드는 준마이슈는 쌀 고유의 맛이 나는 것이 일반적이지만 아마노토는 화이트와인같이 과일향이 나면서 목 넘김이 좋다. 11월 15일 눈이 대지를 완전하게 지배할 때 그들은 본격적으로 사케를 빚는다. 5월까지 그들은 매일 새벽부터 밤늦게까지 일한다. 그래서 모두 모여 밥을 먹는다. 이방인이 그곳에 초대되는 경우는 많지 않다. 여자분 셋이 밥을 짓고 음식을 만들어 날라준다. 직접 농사지은 쌀에서 고운 향이 하얀 증기를 타고 퍼진다. 제삿상에 하얀 밥을 올리는 이유를 단박에 알 수 있을 정도로 기분이 좋아진다. 고등어구이, 내장 국물을 넣은 시코미에 야채를 절인 오신코. 간단하고 정갈한 반찬들이지만 재료의 맛이 그대로 드러나는 정직한 음식들이다. 일본에서 먹는 어느 식당에서보다 행복한 식사였다. 무라村, 마을의 나라 일본이 느껴졌다. '식구食口'라는 우리말이 어울리는 순간이다. 같이 밥을 먹는 사람들, 그 사람들이 식구이고 가족이다.

문을 나서자 그들의 분주한 일상처럼 눈은 더욱 분주하게 퍼붓고 있었다.

이곳에서는 눈이 내린다는 표현은 적절치 않다. 마치 땅에서 눈이 솟아오르는 것처럼 눈이 빠르게 쌓인다. 가키자키 상이 중학생 딸을 차에 태웠다. 눈 때문에 차로 학교까지 바래다주는 길이다. 한국에서 이 정도 눈이면 휴교령이 내려질 것이 분명하지만 이곳에서는 일상이다. 차로 가는 길, 거센 눈에 차들의 전조등만이 번쩍거린다. 거리를 걷는 사람들은 거의 학생들이다. 학생들은 눈에 띄는 원색의 우산을 들고 걸어다닌다. 눈발이 촘촘하게 날리는 탓에 점묘법으로 그린 그림처럼 현실의 공간이 평면적으로 보인다.

역에 도착해 차에서 내리자 눈이 '눈썹을 때릴' 정도로 거세게 몰아친다. 인공눈을 만들어내듯이 하염없이 눈이 내리고 쌓였다. 희미한 눈 속에서 노란 기차등과 기적 소리가 들려온다. 가쿠노다테角館로 가는 기차다. 오우혼센奥羽本線 보통선을 타고 오마가리大曲 역에서 신칸센으로 갈아타고 다자와코田澤湖, 다자와 호수에 내렸다. 아키타신칸센 덕에 이 깊은 산에도 사람들이 많아졌다.

드라마 〈아이리스〉 덕분에 한국 사람들도, 일본 사람들도 이곳을 많이 찾는다. 다자와코 역은 신칸센이 다니면서 커다란 역이 되었다. 너무 깊고 맑아 아무리 추워도 얼지 않는다는 다자와코와 일본에서 최고의 노천온천으로 손꼽히는 쓰루노유鶴の湯 온천이 유명하다. 어느 것 때문이라고 말할 수 없을 정도로 많은 사람들이 이곳을 찾는다. 쓰루노유 온천은 겨울에는 삼 개월 전에 예약하지 않으면 방이 없다. 한 달 전부터 취재를 위해 예약을 시도했지만 불가, 불가. 그래도 가고 싶었다. 〈아이리스〉에서 김태희와 이병헌이 나온 장면 때문이 아니다. 일본의 어느 책을 봐도 잡지를 봐도 인터넷을 봐도 겨울 쓰루노유 온천의 꿈을 따라갈 온천은 없다는 내용들 때문이었다. 묵지도 않을 온천에 구경하러 간다는 것이 조금 민망하기도 했지만 '어쨌든' 가보고 싶었다.

온천장 앞까지 운행되는 버스는 한 시간 간격으로 열차 시간에 맞춰 운행된다. 열차에서 내려 우왕좌왕하는 동안 버스는 떠나버렸다. 한 시간의 자투리 시간이 생겼지만 눈 때문에 역 주변에 나갈 수가 없었다. 온천장으로 가는 사람들은 나와 마찬가지로 역 구내에서 머물렀다. 창밖으로 눈이 정말 세차게 내린다. 구름과 대지 사이의 공간이 구분이 안 될 정도로 회색 일색이다. 낮게 대지로 내려온 눈구름 끝에 있는 구름들이 밀려 눈이 되어 내렸다. 일본의 위대한 눈 과학자 나카야 우키치로中谷宇吉郎는 눈을 '하늘에서 보내온 편지'라고 불렀다. 과학

자의 문학적 상상력이 가슴에 와닿았다.

다자와코는 전설이 깃든 곳이다. 이루지 못한 연인들의 이야기에 호수 주변에 떠돌고 있는 곳이다. 그 전설들이 동상으로 남아 연인들을 이곳으로 불러모은다. 20킬로미터의 둘레, 423미터의 수심. 일본에서 가장 깊은 호수에서 두 연인은 호수를 지키는 용이 되었다. 그리고 겨울에만 이곳에서 만나기 때문에 호수가 얼지 않는다는 전설이 남아 있다. 그 연인들의 것인가 아니면 하늘을 떠돌던 사람들의 것인가 눈은 수많은 사연을 담고 쏟아지고 있었다.

대합실에서 사람들과 금방 친해졌다. 딱히 사람들과 이야기하는 것 말고는 할 일도 없었다. 할머니와 딸 그리고 그녀의 어린아이들 셋, 평일의 가족여행, 그러나 평범하지 않은 가족여행이다. 아키타와는 천 킬로미터 이상 떨어진 기후岐阜 현에서 방학을 맞아 온 가족들이다. 아버지는 평일이라 함께하지 못했다. 아이들과 할머니의 모습이 많이 닮았다. 자신들의 카메라로 가족사진을 부탁했다. 파인더 안의 사람들, 가족들이 포근하다. 같이 사진을 찍자고 하며 나를 끌었다. 말하는 본새가 보통이 아닌 초등학교 5학년짜리 여자아이에게 사진을 부탁했다. 처음 보는 내 카메라를 조금도 두려워하지 않는 아이다. 이런 아이들은 금방 티가 난다. 명랑하고 신중한 성격을 가진 아이, 사람들을 기분 좋게 하는 아이다. '찰칵' 내 디지털카메라의 메모리에 그들과 내 모습이 마치 가족처럼 찍혔다. 같은 버스에 올랐지만 십 분 만에 그들은 내렸다. 서로 교환한 이메일 주소로 서로의 사진을 보내주자고 약속했고 아이는 다시 한 번 미소를 보냈다. 버스는 그들을 내려준 후 사이좋게 멀어졌다. 자일리톨껌처럼 개운한 만남이었다.

버스가 길을 버거워한다. 길은 직선으로 나 있는 길을 잊은 지 오래다. 산 허리를 타고 버스는 눈의 터널을 뚫고 조금씩 올라가며 나아간다. 산은 점점 더 눈더미로 변해 있다. 오후 네 시가 조금 넘었는데도 2월의 눈 내리는 하늘은 파랗게 변해간다. 마치 맑은 하늘이 거기에 있었다는 착각이 들 정도였다. 그리고 문득 호랑이 눈알처럼, 선창가의 나트륨등처럼, 바다 위의 오징어잡이 배처럼 노란색 등이 맑게 빛난다. 쓰루노유료칸에 도착한 것이다. 눈이 내리고 추운 날 씨에 사람들이 유카타를 입고 다닌다. 몸에서 비누 냄새가 풍긴다. 드라마나 사 진에서 본 것들이 실제로 보면 실망스러운 경우가 많다. 여행지를 다닐 때 가장 곤혹스러운 것들 중 하나가 이런 경우인데, 이곳은 반대다. 입구의 작은 가마쿠 라에서 스물스물 기어나오는 노란빛과 눈들 그리고 검은색 나무 온천장과 그사 이로 난 눈길, 증기가 피어나는 아이보리색 노천온천과 그 온천장을 비추는 호 롱불, 군데군데 연꽃처럼 들어앉은 사람들과 검은 산, 그리고 그 위로 내린 짙 푸른 하늘, 눈송이들. 산이 둘러싼 탓인지 눈은 바람 없이 포근하게 내린다. 온 천장 이외에 인공의 것은 아무것도 없는 이 공간에 사람들 소리만이 맑게 퍼진 다. 누구도 이곳에서는 행복해지지 않을 도리가 없어 보인다.

두 시간 정도 둘러보는 것을 허락받았다. 타월을 받아들고 백색탕으로 향 한다. 이 온천장에는 물이 하얀 백색탕과 물이 탁한 흑색탕, 그리고 〈아이리스〉 에도 등장한 아이보리색 노천탕, 세 개의 탕이 있다. 추위를 막느라고 몸에 겹 겹이 두른 옷들을 허물처럼 재빠르게 벗어냈다. 유리 미닫이문을 열고 들어서자 앞을 구분하기 힘들 정도의 증기 속에 오래된 나무로 만든 온천바닥과 탕 그리

고 두 명의 사내들이 드문드문 드러난다. 미끈하고 따스한 탕 속으로 물뱀처럼 날렵하게 몸을 밀어넣었다. 바닷속일까 자궁 속일까 엄마의 품일까 연인의 팔베 개 위일까.

'따, 스, 하, 다.'

여독, 내 몸속에서 얼었던 모든 것들이 풀어지는 느낌이었다. 팔다리가 없 는 뱀처럼 내 몸은 유백색의 온천물에서 무장해제됐다. 오랜 시간을 머물 수 없 었지만 쉽게 탕 밖으로 나오기가 힘들었다. 나무로 된 벽 옆으로 여인들의 목소 리가 들려온다. 백색탕 옆에 있는 노천탕이다. 이곳의 노천탕은 혼탕이다. 자연 의 공간으로 만든 노천탕은 구불구불하다. 남자와 여자들은 군데군데 각자 자리 를 잡고 앉아 있다. 중요한 부위를 수건 등으로 가린 탓에 민망한 생각은 들지 않았지만 어쩐지 노천탕에 들어가는 것은 어색하다. 온천을 즐기는 겨울 원숭이 처럼 이미 노곤해진 몸을 다시 노천탕으로 밀어넣기도 싫었다. 여섯 시에 이곳 을 출발하는 마지막 버스 시간이 다가오고 있었다. 잠시 잠잠하던 눈이 다시 거 세지고 있었다.

저녁시간이 되자 사람들이 숙소에서 식당으로 모여들었다. 그들의 웃음소 리가 눈보다 더 크게 들렸다. 온천장 길목을 장식한 작은 가마쿠라를 밝히는 촛 불들이 본격적으로 밝아졌다. 하늘은 촛불들의 밝기에 비례해서 검어졌다. 이제 빛이 노랗게 비추는 곳만 환할 뿐이었다. 버스가 웃음소리와 따스한 온천과 노 란 불빛을 떠나자 세상은 버스 라이트에만 반응하는 검은 세상이 되었다. 흔들 리는 버스 안에서 나는 금세 떠나온 곳이 그리워졌다. '따스한 것들'.

제법 큰 도시라 방심한 것이 화근이었다. 가쿠노다테角館, 신칸센이 다니는 이 관광의 도시에서 나는 쉽게 숙소를 잡을 수 있을 거라 생각했다. 대부분의 숙소를 예약해둔 상태여서 긴장감이 떨어진 탓도 있었다. 오후 일곱 시, 난 죽은 도시처럼 고요한 그 도시를 캐리어를 끌고 한 시간을 넘게 걸었다. 아예 호텔도 없다. 이해할 수가 없었다. 어쩌면 그 도시가 나를 거부한 건지도 모른다. JR패스를 가진 게 다행이었다. 신칸센이 다니는 이곳에서 아키타까지는 채 삼십 분이 안 걸린다. 그날 나는 지치고 지쳐 아키타로 돌아왔다. 이틀 전 묵었던 역전 비즈니스호텔에 짐을 풀었다. 허기와 피로와 추위가 삼각편대로 밀려왔다. 오후의 나른한 온천에서의 헐거움은 온데간데없이 사라졌다. 지하 편의점에서 샌드위치와 빵과 맥주를 사들고 방으로 올라와 먹고 나서 잠이 들었다. 눈은 여전히 그칠 줄 모르고 내린다.

아침 일찍 다시 가쿠노다테로 돌아왔다. 눈은 여전한데 어젯밤과는 달리 사람들이 모두 나와 눈을 치우고 있다. 마치 아침에 치울 눈을 위해 체력을 비축해둔 사람들인 양 정말 열심히 눈을 치운다. 조금 미안한 생각이 들었지만 이건 이방인들에게 주어진 하나의 선물이라는 생각이 들었다. 같은 일상이 이렇게 여행자란 신분에 의해 구분되는 것이다. 어쩌면 그래서 여행자는 일상을 가장 객관적이고 철학적으로 바라볼 수 있는 힘을 가진 것인지도 모른다. 하여튼 그나저나 사람들은 눈을 치우며 길을 만들고 있다. 결국 길은 사람들이 만들고 사람들이 지켜내는 것이다. 눈이 내리는 곳에서 사람들은 이렇게 매일 열심히 눈을 치우며 사람들이 다니는 길을 만든다. 그들이 만드는 길 위의 나무들에서 햇살을 받은 헐거워진 눈들이 한 뭉텅이씩 툭, 툭 땅으로 떨어진다.

가구노다테는 무사들의 도시였다 사무라이처럼 간결한 검은색 벽이 넓고 길게 이어진 길이 이곳을 유명하게 만들었다. 검은색 벽 안에 오래된 사무라이의 집들과 그 공간을 가득 메운 커다란 벚나무들로 다시 한 번 유명해졌다. 벽처럼 검은 벚나무에서 화사한 벚꽃을 연상하기는 힘들다. 그런데 이곳에서 벚나무에 내린 하얀 눈꽃들을 보면서 벚꽃의 비밀을 보았다. 이 눈꽃을 머금은 벚나무 가지와 땅이라야 어느 곳보다 더 화사한 벚꽃을 피운다는 것을 알았다. 검은 벽 하얀 눈의 길을 걷다가 내가 문득 흑백 무성영화 속으로 들어온 느낌이 들었다. 사무라이들이 툭툭 튀어나올 것 같은 간결한 길과 흑백의 강렬한 콘트라스트.

봄이면 사람들로 붐빌 가시야요코초菓子屋横丁, 과자 골목길는 눈으로 입구가

완전히 막혀 있다.

무사 가옥들의 길들을 지나자 강이 나온다. 눈에 파묻힌 길 사이를 사람들이 다닐 길만 만들어놓았다. 강변에 선 벚나무들이 눈에 싸여 검은 모습이 더욱 선명하다. 검은색은 겨울의 죽음처럼 명료하다. 그럼에도 땅에서 뿌리가 떨어지지 않는 한 다시 봄의 부활을 맞을 것이다. 흰 눈 때문에 강물이 검고 검다. 눈을 인 붉은 다리가 유난히 돋보인다. 무사 가옥 한가운데로 1인용 제설기를 모는 할아버지가 보인다.

"아버님 댁에 보일러 놔드려야겠어요"란 광고 카피처럼 일본의 호설지대에

서는 "아버님 댁에 제설기 한 대 보내드려야겠어요"라는 광고가 있다. 이곳에서
는 보일러보다 제설기가 더 절실한 생활필수품이다. 눈을 걷어내고 일상을 찾아
야 하는 사람들 덕에 분주해진 길을 따라 역으로 돌아왔다. 눈에 파묻힌 JR 가쿠
노다테 역 앞의 벽면에 분홍빛 사쿠라가 봄을 그리워한다.

　가쿠노다테 역 한편의, 나무로 된 작은 대합실에 이병헌과 김태희가 다와자
코를 배경으로 서로 껴안고 있는 아이리스의 사진이 걸려 있다. 아이리스의 기
차 총격 신의 무대가 된 아키타 내륙종관철도秋田內陸縱貫鐵道의 출발역이다. 눈
을 잔뜩 인 붉은색 디젤기차 한 량이 철도 마니아들을 기다린다. 여성 역무원 두
명이 나와 인사를 하고 사람들을 배웅한다. 기차에 오르는 대부분의 사람들은
차림으로 보아 이곳 사람들이 아니다. 관광객이거나 여행객인 그들이 기차에 오
르자 기차는 아키타의 하얀 속살이 풍만한 눈의 땅으로 달려간다. 기차 시간에
가까워져 가쿠노다테 플랫폼에 서서 기차를 기다린다. 황금색으로 치장한 역 안
내판 건너편 눈이 가득한 벽에 커다란 포스터들이 터질 듯한 분홍빛 벚꽃들을
품고 봄을 또다시 그리워한다. 분홍빛 띠를 두른 하얀색 아키타신칸센이 천천히
기차차역을 향해 오고 있다. 붉은 옷을 입은 아이와 손을 잡고 걸어가는 여인의 붉
은 모자, 이곳은 겨울에도 온통 봄을 그리워한다.

오후 세 시, 몇 번의 기차를 갈아타고 나서야 하나마키花卷에 도착했다. 하나마키, '꽃두루마리'라는 예쁜 이름의 이 땅은 『은하철도의 밤』의 소설가 미야자와 겐지宮澤賢治의 땅이다. 오사와大澤 온천으로 가는 버스를 기다리려 대합실로 들어섰다. 이곳의 대합실은 여느 대합실과 다르다. 사색적이다. 제대로 된 나무 탁자와 의자, 노란 등, 미야자와 겐지의 과묵한 성격을 그대로 담은 대합실이 마음에 든다.

버스로 사십여 분, 유명한 온천지대가 으레 그렇듯이 산을 돌고 돌아 산스이카쿠山水閣료칸 앞에 몇몇 사람들과 함께 내렸다. 현대식 건물이 좀 맘에 걸렸지만 내부에 들어서니 완전한 다다미 방이다. 통으로 된 창밖으로 펼쳐진 겨울 산수화가 벽 하나를 온전하게 차지하고 있다. 창 밑으로 계곡을 흐르는 물살이 거세다. 겐지 과자가 다과로 오롯이 놓여 있다. 현대식 건물 옆으로 이백 년이 넘은 구舊 산스이카쿠는 고풍스럽다. 번들번들한 목조 2층 건물에 유리문, 그 위 하얀 페인트로 칠한 오사와 온천의 글자가 따스하다. 온천물이 좋기로 유명한 오사와 온천은 남녀혼욕 노천탕으로 유명하다. 어둠이 거의 내릴 무렵 노천탕으로 향했다. 중년의 남자 세 명이 노천탕을 차지하고 있다. 노천탕 너머로 눈과 계곡과 물과 온천장과 다리가 한눈에 보이는 전망 좋은 곳이다. 만화로 그린 '입욕 안내문'에 노천온천 이용에 대한 주의사항이 빼곡하다. 만화에 등장하는 그림에도 남녀가 함께 등장한다. 쓰루노유 온천의 남녀혼욕 온천장과 달리 이곳은 숨을 만한 장소도 없다. 과연 남녀가 같이 이곳에서 목욕을 할까 하는 의구심이 들었다.

식사를 하러 구 온천장을 거슬러 방으로 가는 길, 사람들이 몰려든다. 밖으로 나서니 전구 빛을 받은 유리 현관으로 사람들이 불나방처럼 들어간다. 멀리서 보면 그 모습이 영화의 슬로비디오처럼 흐른다. 시간은 공간과 맞물려 흘러간다. 이곳의 오랜 나무 건물들과 백열등 속에 시간은 더디게 흐른다. 입구에 이곳의 명물인 완코소바작은 그릇에 담아 먹는 순메밀 소바를 반죽하는 여자 조리사의 모습이 분주하다. 맑은 날 어둠이 내리자 하늘은 코발트처럼 파랗다. 계곡에 자리 잡은 온천장에 불빛들이 곱게 눈과 계곡물을 비춘다. 혼탕에 들어가기 쑥스럽지만 사진을 남겨야 했다. 지배인과 함께 혼탕이 멀리 보이는 다리에 서니 여자 세 명과 남자 세 명이 로텐부로노천탕에 있다. 지배인이 그들에게 다리에서 멀리서 사진을 찍어도 되냐고 양해를 구하자 웃음소리가 까르르하다.

"물론."

"잘 찍어줘요."

일본도 한국과 마찬가지로 아주머니들은 강하다.

구 온천장으로 다시 옮겼다. 그 낡고 좁고 길고 포근한 복도가 좋았다.

이곳에서 묵고 싶다는 내 작은 소원에 지배인은 유리창과 창호지문 때문에 외국인이 묵기에는 구 온천장은 너무 춥다며 완곡하게 거절한다. 현대식 온천장과 달리 이곳에서는 사람들의 숨소리가 들린다. 창호지 문 안으로 사람들의 웃음소리가 작은 복도를 타고 길게 울린다.

긴 복도를 지나 넓은 내 빈 방으로 돌아왔다. 외롭고 화려한 저녁식사와 함께 파란 병이 너무 예쁜 은하고원맥주를 한 병 마셨다. 은하처럼 파란 하늘과 파란 맥주를 마신 그날 밤 난 잠들기 전에 은하를 생각했다. 은하수처럼 멀고 높았지만 외로운 밤이었다.

하늘이 활짝 개었다.

아침에 하나마키 역과 신新하나마키 역까지 무료로 운행하는 서틀버스를 타고 신하나마키 역에 내렸다. 신칸센 덕에 제법 큰 역사를 나와 길을 걸었다. 옆 앞에 거대한 완코소바 조형물이 서 있다. 하나마키는 모리오카와 더불어 완코소바의 발상지이다. 미야자와 겐지 기념관으로 가는 길 양옆으로 눈들이 높이 쌓여 있었다. 일본에서 겨울의 절정은 2월이고 그 절정은 중순이다. 그러나 그 추위의 절정에도 봄의 기운은 시작된다. 햇살이 따스하게 골고루 대지에 내렸다. 봄의 기운이 느껴지는 길을 따라 걷다가 건널목을 지나 작은 개천을 지나자 물 흐르는 소리가 제법 거세다. 주변의 눈들이 햇살을 견디지 못하고 녹아내리고 있다. 물 흐르는 소리가 경쾌하다. 눈은 서로의 공간을 좁혀 단단해지면서 작아졌다. 다시 몇 번의 폭설과 몇 번의 따스함으로 끝내 겨울은 봄에게 항복할 것이다.

한참을 다리에서 서성거리다 경사진 길을 오르기를 오 분, 왼쪽에 미야자와 겐지 동화마을童話村이 눈 속에 고요하다. 넓은 광장 한편으로 '은하트레인'이란 미니 기차가 운행을 멈추고 서 있다. 초대 은하트레인은 몇 년 전에 2대 은하트레인에 실제 운행을 넘겨주고 박제처럼 남았다. 그러나 실제 운행하는 은하트레인도 눈이 녹기 전에는 운행을 하지 않는다. 11시 24분. 커다란 시계는 여전히 시간을 돌린다. 수백 번의 11시 24분을 지나야 기차는 움직일 것이다. 시계 밑으로 정류장의 이름이 있다. 이곳은 '백조의 정차장'이다. 그다음은 '은하 스테이션'. 동화마을의 입구가 바로 은하스테이션이다. 은하스테이션의 입구 양옆으로 그림이 있다. 아이 하나가 빛이 쏟아지는 하얀 공간을 향해 손을 뻗고 있다. 눈이 가득한 공원에 아이 두 명과 할머니 한 분 그리고 아이들의 어머니가 눈싸움을 한다. 여행 가방을 든 이런 여행자들은 일본에서는 심심찮게 볼 수 있는 모습이다.

동화마을의 맞은편 가파른 언덕이 산을 빙 돌아감아 올라가는 언덕 위에 미야자와 겐지 기념관이 있다. 기념관은 겐지의 성격을 그대로 담고 있다. 과학자, 예술가, 농민운동가이자 불교에 심취했던 그의 다양하면서도 담담한 인생이 원고로 책으로 사진으로 남아 있다. 그중 가장 눈에 띄는 전시품은 첼로다. 첼로는 그의 단아하고 깊은 성격을 드러내는 기표다. 『첼로 켜는 고슈』를 애니메이션으로 만든 다카하타 이사오高畑勳의 작품에 그려진 고독한 첼리스트는 겐

지의 모습을 보여준다. 영상과 소리가 마치 증강현실처럼 겐지의 첼로에서 떠올랐다. 그 연주 소리를 따라 기차가 달린다. 빛이 별에만 존재하는 검은 우주, 그리고 그곳을 달리는 증기기관차와 어머니를 찾는 아이와 검은색 코트의 차가운 금발여인. 만화영화 〈은하철도 999〉를 보는 순간 나는 현실과 꿈의 경계를 잃어버렸다. 그 몽환적인 세계, 그리고 그곳으로 우리를 데려가는 야간기차의 매력은 소년에게 너무나 강렬한 유혹이었다. 그때 난 어둡고 모호한 세계가 주는 엑스터시를 경험했다. 난 지금도 긴 방황을 멈추지 못한다. 아마 난 살아 있는 한 떠돌 것이다.

나를 흥분시킨 〈은하철도 999〉가 일본의 천재만화가 마쓰모토 레이지松本零士가 만들어낸 영상의 이야기라면 마쓰모토 레이지를 열광시킨 사람은 미야자와 겐지였다. 시인이자 동화작가이자 첼로 연주자, 교사이자 에스페란티스토 그리고 농촌계몽운동가였던 그의 세상과 인간에 대한 묵시록적 희망은 주로 동화를 통해 표현되었다. 그의 『은하철도의 밤』이 모티브가 되어 〈은하철도 999〉가 탄생한 것이다.

모든 것이 제자리를 찾고 행복해지기를 바란 그곳을 향해 가는 은하철도처럼 겐지는 '개인의 행복이 아닌 모두의 행복'을 꿈꾸고 그것을 위해 살았다. 이와테岩手에서 농민들을 상대로 전당포를 운영하면서 막대한 부를 축적한 아버지의 삶은 그에게는 최고의 수치였다. 농민들의 농토를 사들여 부를 축적했던 다자이 오사무太宰治의 부에 대한 혐오와 미야자와 겐지의 부에 대한 혐오가 다르지 않다. 가업을 싫어하고 병약했던 그는 고등학교 시절 『묘법연화경』을 읽고 그의 일생의 지침으로 삼는다.

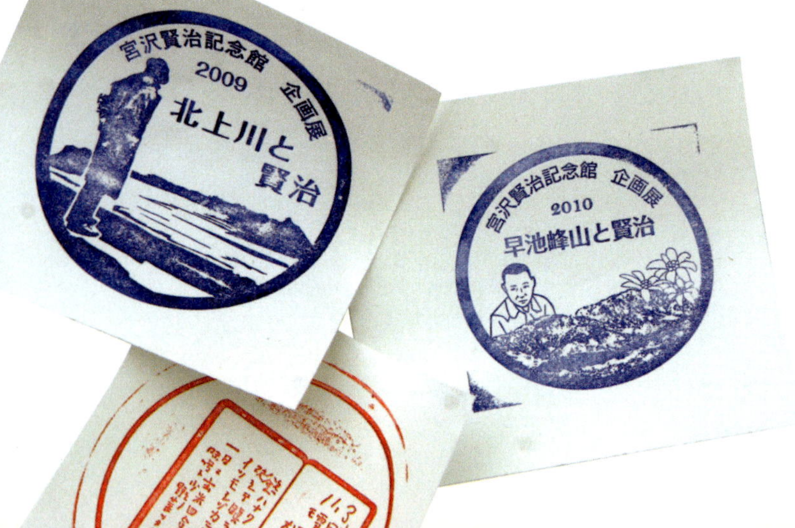

가장 사랑하던 누이의 갑작스런 그에게 죽음은 가장 고통스런 일상이었다. 그에게 부유함은 원죄였다. 37세의 짧은 삶을 마감한 그는 천재가 갖추어야 할 '요절'이란 운명적인 요소도 갖추었다. 죽음과 이 세상의 자비의 충돌은 그의 문학의 어두움을 규정한다.

나의 갸륵한 누이야
이 눈은 어디를 고르려 해도
어디나 너무도 새하얗기만 하구나
저 무섭도록 흐트러진 하늘로부터
이 아름다운 눈이 내린 것이다.

시집 『봄과 수라』에 실린 「영결의 아침」에서 그는 눈을 노래했다. 결국 땅의 사람들은 그 땅의 것들을 기억하고 기록한다.

하나마키, 꽃두루마리란 예쁜 이름의 땅은 척박한 땅이다. 눈과 기차와 비참한 농민들의 삶과 자신의 비루한 부유함, 그리고 다 같이 잘 사는 세상을 향한 삶과 글, 그래서 사람들은 겐지를 사랑하고 겐지가 꾼 꿈을 따라 여행한다.

세상에 불빛이 많아지면서 하늘의 별을 보는 일이 사라져갔다. 초등학교 시절에 교회 옥상에 돗자리를 깔고 누워 친구들과 하늘을 보고 이야기할 때 별은 우리들의 오락실이었다. 카시오페이아, 황금자리, 북두칠성 같은 현실에서 들을 수 없는 단어들을 교환하며 우리는 별을 좇는 여행을 감행했다. 70년 말의 서울은 그러나 은하수를 보기에는 지나치게 밝았다.

내가 은하수의 실체를 본 것은 중학교 2학년 때였다. 아버지, 형 그리고 아버지 친구와 설악산을 오르던 때였다. 해질 무렵 이른 저녁을 먹고 나는 텐트에서 잠들었다. 얼마나 잤을까, 나는 모닥불 옆에서 소주를 마시고 있는 아버지와 친구분의 불빛을 따라 텐트 밖으로 나왔다.

검붉은 모닥불 위로 검은 하늘이 온 세상에 펼쳐져 있었다. 그리고 눈처럼 하얀 별들이 소년의 얼굴로 가슴으로 쏟아져내렸다. 소년이 감당하기에 너무 거대한 공간, 너무나 강렬한 빛에 나는 그 자리에 주저앉았다. 그리고 그날 밤 나는 황홀했다. 가만히 보면 은하는 하얀색만이 아니었다. 온갖 색의 별들은 뭉쳐 하얀색으로 수렴되고 별이 없는 공간은 검은색으로 수렴되는 거대한 공간 그리고 그 중심에 별의 강이 흐르고 있었다.

미야자와 겐지 기념관을 보며 떠오른 명상들을 좇아 밖으로 나섰다. 박물관의 맞은편에 『주문 많은 요리점』이란 겐지의 소설 제목을 딴 기념품 가게가 있다. 기념품 가게 옆으로 전망대가 있다. 멀리 솟은 높은 산들이 병풍처럼 길게 누워 있는 산맥 밑으로 하나마키가 넓게 펼쳐져 있다.

버스 길에서 겐지 기념관으로 가는 길은 가파르다.

가파른 산길을 따라 내려올 때 멀리 기차 소리가 들려온다. 그 소리가 깊은 소나무 숲 속으로 퍼져나간다. 겐지의 동화 속, 혹은 겐지 동화로 만든 애니메이션의 공간 속으로 소리를 따라 들어가는 듯한 착각에 빠졌다. 겐지가 가진 나약하고 무기력한 힘은 사람을 깊게 빠져들게 하는 매력이 있다. 미야자와 겐지,

다자이 오사무의 흑백사진 속 과묵한 모습이 겹쳐 떠올랐다. 세상의 비의를 너무 일찍 알아버린 버려진 천사들, 죽음의 경계를 오가며 젊은 날만을 살았던 두 사람.

이 기차는 스팀이나 전기로 움직이지 않는다. 단지 움직이도록 정해져 있기 때문에 움직이고 있는 것이다.

『은하철도의 밤』에 나오는 대사처럼 겐지도 오사무도 그렇게 살아가도록 정해져 있었던 것일까. 발걸음이 무거워졌다.

하치노헤八戶는 요코초 골목의 도시다. 작은 뒷골목에 식당들이 가득 들어찬 요

코초는 사람들의 심장박동 소리가 들려오는 사람들의 골목이다. 얼마 전에 사라

진 광화문 피맛골과 같은 길이다. 일본에서는 요코초가 생겨나고 한국에서는 도

심의 뒷골목이 사라진다. 피맛골의 미로 같은 골목, 술이 익는 이 공간에는 사

람들도 발효되는 공간이다. 두 사람이 겨우 다닐 정도의 공간에 들어서면 사람

들은 서로를 배려한다. 어둠이 내리면 사람들은 이 공간에 모여 조금은 버거운,

조금은 희망찬 이야기들을 토해낸다. 요코초가 사람들을 불러모으는 이유는 즉

자적이다. 사람과 사람이 있기 때문이다.

하치노헤는 도호쿠신칸센의 종착역이다. 2010년 12월 4일 도호쿠신칸센

의 진정한 종착역 신아오모리 新青森 역이 생기면 그 자리를 물려줘야 할 불안한

운명을 지녔다. 신칸센 역은 일본 역의 운명을 결정하는 그야말로 결정적 한방이다. 영화를 누리던 역이 주변에 생긴 신칸센 역 때문에 쇠락하는 것을 많이 봤기 때문이다. 도호쿠로 가는 많은 이들이 하치노헤에서 신칸센을 내려 다른 노선으로 갈아타는 덕분에 누렸을 그 영광이 재현될까? 궁금해지고 걱정이 된다. 역은 신칸센 때문에 현대적인 모습을 한 채 시내와 떨어져 있다. 십 분 간격으로 버스가 역과 시내를 이어준다. 버스를 타고 이십 분을 달려야 중심가 밋카마치 三日町가 나온다. 주변의 길은 좁고 골목은 더욱 좁은 상업지역에 식당과 쇼핑상가 들이 빽빽한 곳이다.

하치노헤의 중심가는 요코초 여덟 개가 씨줄과 날줄처럼 촘촘히 얽혀 있다. 이 도시에서 사람들은 그래서 덜 외롭다. 도호쿠의 이 작은 도시에 사람들은 이

작은 골목 때문에 모여든다. 위로는 누구에게나 필요하다. 미로쿠요코초みろく 横町의 장난감 같은 길에 들어서면 3.3평짜리 가게들이 어깨동무하듯 붙어 있다. 오뎅, 라멘, 구시아게꼬치구이 같은 간식과 술안주를 파는 가게들이 이곳을 빼곡하게 메운다. 그러나 자세히 보면 이 식당들은 실내포장마차다. 전세계 어디를 가도 있는 서민들의 물건 팔기 방식을 이곳에서는 고정화, 전문화, 세련화했다. '야타이屋台'로 불리는 지금의 일본식 포장마차는 2차대전 후 상이군인과 전쟁미망인 혹은 전쟁으로 가게를 잃은 사람들의 일상을 지키기 위한 최후의 보루였다. 그들이 모여들면서 작은 거리가 만들어졌고, 우에노 같은 거대한 시장도 형성되었다. 삶은 언제나 거룩한 것이어서 이렇게 작은 것에서 시작한다.

2002년 하치노헤에 신칸센이 정차하면서 생겨난 미로쿠요코초는 발전에 발전을 거듭하고 있다. 그러나 신아오모리 역이 생기면 닥칠 역의 운명과 같이 쇠락의 길을 걸을지 아니면 더 많은 사람들이 모일지 걱정이 앞선다. 포장마차가 주는 서민적 낭만 혹은 고단함, 그건 전부 보통사람들의 몫이기 때문이다. 피맛골이 사라진 뒤, 난 그곳에서 보낸 추억의 일단을 복원해내지 못했다. 참새구이, 멧돼지구이와 같이 먹던 사케, 고등어구이와 전들과 막걸리 그리고 함께했던 사람들의 향기나는 이야기들이 배어 있던 골목이 사라진 뒤 찾아온 상실감. 작고 낡고 오래된 것들아, 잘 버텨라.

하치노헤에서 도호쿠의 끝 아오모리로 가는 길은 기차의 길이다. 기차는 바다를 향해 반달처럼 튀어나온 해변을 반원을 그리듯 휘감고 돌아 검푸른 바다를 보여준다. 다자이 오사무가 가장 사랑했던 온천 아사무시淺蟲는 그 바다 옆, 기찻길 옆에 있다. 역무원이 검푸른 바다를 바라보며 서 있다. 사색하는 사람의 모습은 언제나 철학적이다. 매일 보는 바다에서 그는 매일 다른 것을 보는 것일까 아니면 매일 같은 것을 보는 것일까. 그가 뒤에 서 있는 나를 보며 씩 하고 웃는다. 손으로 바다를 가리키며 나지막이 속삭인다.

"바다입니다."

17시 1분 기차는 한 치의 오차도 없이 아사무시 역에 섰다. 종착역 아오모리가 가까웠지만 꽤 많은 사람들이 내린다. 역 멀리 검은 바다가 보인다. 바다

를 따라 기찻길이 있고 그 기찻길을 따라 찻길이 이어진 긴 마을이다. 역 앞에 있는 오가와小川료칸의 매니저 오가와 아유小川アユ가 차를 가지고 나를 기다리고 있다. 차를 타는 게 미안할 정도로 짧은 거리를 달려 작은 다리를 지나자 어둠 속에 하얀색 벽이 눈보다 더 흰 오가와료칸이 나온다. 두 명의 여인이 나와 인사를 한다. 나를 안내한 아유와 두 명의 여인은 모두 어머니와 딸 사이다. 그 앞에서 열심히 눈을 치우는 남자는 그녀들의 남편이자 아버지다. 해가 거의 지기 시작한 그 모습을 담으러 작은 다리로 나서자 바다를 향해 흘러가는 그 작은 개천 위로 새들이 우아하다.

"백조예요, 백조."

아유가 나에게 이름을 외친다. 마치 백조와 그녀들이 한 가족처럼 느껴졌다. 모이를 던져주자 모여든 백조들은 멀리 가지 않고 잔잔한 개천에서 카메라에 포즈를 취하듯 천천히 무리 지어 움직인다. 개천의 끝 방조제와 오가와료칸의 담이 바로 맞닿아 있다. 그동안 보아온 료칸들과는 이름만 같고 완전히 다른 존재다.

료칸으로 들어서자 불가사의한 공간들이 연이어 펼쳐진다. 소꿉놀이의 장난감 집 속으로 들어온 기분이랄까, 작은 나무복도를 노란빛으로 감싸안은 나트륨등과 그 복도를 완전하게 장악한 작은 장식물들. 『이상한 나라의 앨리스』의 작은 숲처럼 기묘하고 조밀한 공간은 완전하게 여성적이다. 실제로 이곳은 여성들에게 절대적인 지지를 받고 있는 료칸으로 유명하다. 완전하게 이 공간과 어울리는 좁은 계단을 올라 방으로 안내되었다. 창호지로 된 나무 미닫이문을 열자 멀리 검푸른 하늘과 그 하늘을 닮은 바다가 여전히 건재하다. 창 밑으로 작은 개천, 그 개천의 백조들도 여전하다. 이처럼 외관과 내부가 사람의 상상력과 일치하는 경우는 드물다. 작은 료칸인 탓일까, 평일인 탓일까. 료칸에 손님이 거의 없으니 마치 비밀의 성에 들어온 기분이 든다.

그리고 외롭고 맛있는 식사. 커다란 가리비의 내용물을 꺼내 된장으로 조리해서 다시 가리비껍데기 위에 얹은 가리비된장국, 이 지역의 별미다. 이 집 어머니의 솜씨다. 편안하고 세심한 요리와 분위기, 여자들이 만들어내는 오밀조밀한 공간에서 나는 금방 취했다. 창호지 문틈으로 스며들던 어두운 기운은 가로등 불빛에 누그러들었다. 잠이 오지 않았다. 창을 열면 검은 바다는 여전하고 개천의 백조들도 여전하다. 잠이 들었다 다시 깨서 창을 열었다 하다보니 새벽에야 잠이 들었다.

아침 일찍 일어나 아유의 차를 타고 바닷가로 나갔다. 해도 뜨지 않고 구름만 가득한 하늘 때문에 바다가 검고 깊다. 그 가운데 유노시마湯の島 섬이 도리이를 이고 고요히 가운데 자리 잡고 있다. 역에서 그녀와 작별을 고하고 기차를 기다린다. 추운 입김이 사람들 입에서 뿜어져나오다 이내 사라진다. 노란색 불빛을 가득 담은 기차가 기적 소리와 함께 들어왔다. 이른 시간에도 사람들은 서둘러 나와 같은 기차를 타고 같은 목적지를 향해 달렸다. 기차에서 나는 다시 잠들었다. 짧고 깊은 잠이었다.

자오藏王, 이 낭만적인 이름은 겨울의 대명사처럼 일본인들에게 각인되어 있다. 스노파우더 같은 눈으로 유명한 스키장과 얼음기둥 그리고 온천. 자오 주변의 깊은 산은 온천의 산이다. 그래서 이곳을 지나는 신칸센은 보통기차처럼 천천히 달리고 '온천 신칸센'이라는 별칭을 얻었다. 야마가타山形 역에서 자오 온천까지는 버스를 타야 한다. 편도요금이 980엔, 실로 살인적인 버스요금이다. 버스에 오를 때 드문드문 내리던 눈이 시간이 지날수록 거세지고 커진다. 바람을 타지 않는 포근한 눈이 버스 바람에 날려 거칠어진다. 길가에 대나무밭이 있다. 푸른 대나무 위로 내리는 눈발이 사뭇 도전적이다.

버스는 산길을 오르기 시작한다. 마을의 모습이 희미하게 멀어진다. 관광전용버스가 아닌 탓에 버스는 작은 마을들을 돌고 돌아 사람들을 내려주며 나아

간다. 사십 분을 달린 버스가 종점 자오 온천 버스정류장에 멈춘다. 작은 다리
와 개울 사이로 산을 향해 온천장들이 촘촘히 박혀 있다. 온천장이 끝나는 지점,
스카와須川 온천신사와 미야마소深山莊 다카미야高見屋료칸이 계단을 달리하고
나란히 있다. 사진에서도 합성을 한 것처럼 보인 완전히 단절된 계단과 건물의
구조는 볼 때마다 신기하다.

이백 년 전에 지어진 좁은 돌계단을 오르면 다카미야료칸 입구의 노란 등과
검은색 목조문이 이 집의 존재감을 말없이 드러낸다. 유리 미닫이문을 열고 안
으로 들어서자 일본 영화에 등장할 법한 온천장의 여주인을 연상시키는 삼십대
중반의 미녀 오카미가 훤한 미소로 사람을 반긴다. 그녀를 따라 번질번질한 나
무마루, 미로처럼 이어지는 나무계단을 오른다. 구석의 작고 포근한 다다미 방,
커튼을 젖히니 료칸 처마 밑으로 자오 온천과 자오 스키장이 한눈에 들어온다.
전망 좋은 방이다.

아침부터 네 시까지 여덟 시간을 달려온 피로를 풀기로 했다. 이곳의 온천
은 전통의 방식으로 유명하다. 료칸 내부에 있는 온천은 세 명이 들어가면 꽉 찰
정도로 작다. 에도 시대부터 사용된 온천장의 역사를 알리는 문구가 벽에 가득
하다. 사각형의 나무욕조에 몸을 담근다. 적당한 온도, 적당한 크기의 욕조가
친근하다. 방으로 들어가는 복도 옆에 작은 식당이 보인다. 화려하고 정갈하다.
음식상이 차려져 있다.

어쩐지 나는 어색해서 온천장의 유니폼 같은 유카타를 잘 입지 않는다. 그
런데 그날은 입고 싶어졌다. 유카타로 갈아입자 식사를 하라는 전화가 이어진

다. 올라오면서 본 그 식당이 내가 식사할 곳이다. 이 료칸에서 가장 화려한 방이다. 그곳에서 나는 일본 여행 최고의 이자카야와 만났다. 왕의 만찬을 받는 기분이 들 정도였다. 온전히 나만을 위한 작고 화려한 방으로 가이세키 요리들이 줄지어 들어왔다. 세심한 덴푸라 튀김, 떡으로 만든 모치, 사시미. 부드럽고 감칠맛이 길게 남는다. 재료를 살리는 기술의 완숙함. 고수다. 너무 맛있어서 조금 슬퍼졌다. 한무 속에 생야채를 넣은 한무야채와, 버섯과 보리, 완두콩을 넣은 스이모노국. 깊고 깊은 맛이 재료 속에서 스며나온다. 살짝 데치거나 삶아 낸 산나물은 향과 맛이 그대로이거나 혹은 그 이상이다.

저녁에 먹고 좁은 계단을 내려와 1700년 전에 지어진 이곳의 온천을 어슬렁거리다 인형의 집을 보았다. 나무로 만든 고케시 인형들이 병정들처럼 벽면에 가득하다. 칠십대 중반의 늙은 장인이 전등 아래서 고케시의 얼굴을 그려넣고 있다. 습기가 고요한 소리를 낸다. 파뿌리 같은 흰머리, 깊은 주름, 짙고 검은 눈썹, 가만히 보니 어린 고케시의 얼굴들과 할아버지의 얼굴이 닮았다. '노인의 얼굴을 한 소년'이 자신의 젊은 날을 닮은 인형을 만들고 있다. 둥근 목각에 붉은색 기모노를 입은 고케시 인형이 노인의 손에서 만들어진다. 만드는 것을 보다가 말을 걸었다. 이 노인은 일본에서 최고의 고케시 장인 중 한 명이란다. 최고상인 내무대신 상을 세 번 받았는데 전국의 장인 중 몇 명만이 그런 영예를 안았다는 것이다. 그렇다고 크게 자랑하지는 않는다.

고케시는 전통 고케시와 신식 고케시로 나뉜다. 전통 고케시는 만드는 방법이 정해져 있다. 그 방식대로 만들어야 인정이 되는 도호쿠 지역의 특별한 인

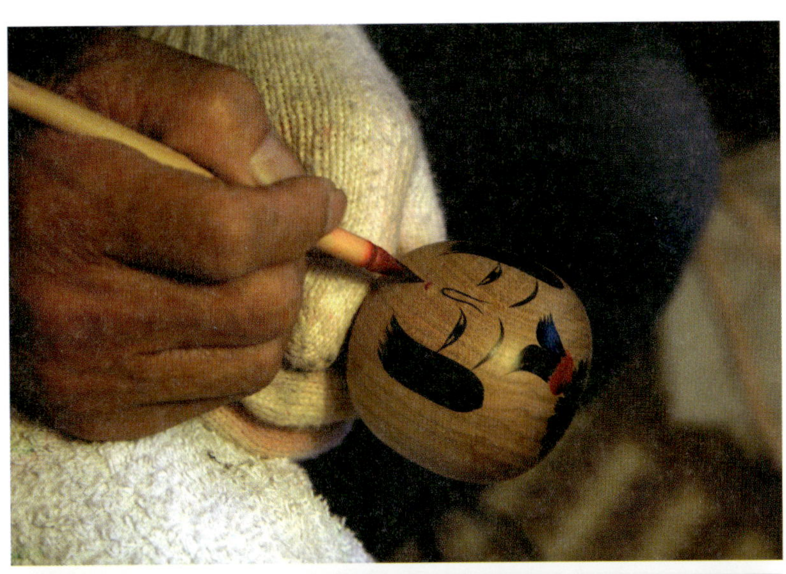

형이다. 농민들은 일 년에 몇 번 온천장에서 몸을 풀고 몸을 만들었다. 그리고 병을 막아주는 붉은색 고케시 인형을 하나씩 사들고 고향으로 돌아갔다. 그들에게 고케시는 삶을 지켜주는 작은 수호신이었던 것이다. 전통 고케시 옆으로 신식 고케시들이 앙증맞게 서 있다. 자유로운 형식에 귀여운 것이 특징이다. 사람들이 많이 찾는 것도 이런 신형 고케시 인형이다. 둥글고 커다란 머리 모양, 어린아이의 몸과 같은 비율이다.

고케시에 반해 긴 시간을 보내다 다시 거리로 나섰다. 다카미야료칸은 자오 온천 중심가의 끝에 있다. 다카미야 앞에 붙은 미야마소란 이름은 깊은 산에 있는 별장이란 뜻이다. 그래서 자오 온천 중심가 다카유도리高湯通り는 다카미야료칸에서 끝나고 시작한다. 길 옆으로 온천물이 흐르는 스카와가 흐른다. 스카와須川, '식초의 강'이란 말처럼 자오 온천은 일본에서도 손꼽히는 산성온천이다. 온천물은 물을 따라 흐르기만 하는 게 아니다, 흘러가면서 증기를 뿜는다 산성의 증기는 공기가 있는 모든 곳에 스민다. 이곳에서는 가전제품을 삼 년 이상을 사용할 수 없다. 휴대전화는 이 년, 컴퓨터는 일 년을 넘기지 못한다.

자오 온천은 공중목욕탕이 발달해 있다. 료칸에 머무는 사람들을 위한 것이 아닌 마을 사람들을 위한 것이다. '하탕'과 '상탕' 같은 공중목욕탕으로 사람들이 번질나게 들락거린다. 스키장을 떠나 온천장으로 돌아오는 사람들의 부츠 소리가 따각따각 과장되게 들린다.

자오의 설질은 스키어와 스노보더들에게는 하나의 넘어야 할 산이다. 그만큼 좋다. 그리고 스키장의 슬로프 옆으로 펼쳐진 이곳만의 장관이 사람들을 겨울이면 불러모은다. **주효**樹氷, 나무나 풀에 내려 눈처럼 된 서리로, '상고대'라고 한다. 눈과 얼음이 나무를 완전히 감싼 숲의 꽃이다. 나무에 눈꽃이 피는 게 아니라 위에서 아래까지 나무의 흔적을 찾을 수 없을 만큼 눈과 얼음의 결정체가 나무를 감싼다. 거대한 설인 같기도 하고 거대한 소금기둥 같은 숲의 얼음 주효는 이곳에서 겨울에만 나타났다가 사라진다. 얼음과 눈이 만든 자연의 흔적을 이곳 사람들은 '아이스 몬스터'라 부른다.

혼자 남겨진 자에게 온천장의 밤은 할 일이 별로 없다. 온천으로 돌아와 잠자리에 들려고 하는 순간 다시 전화벨이 울린다. '미스 야마가타'가 지금 자오 온천을 방문했다는 것이다. 오카미가 약간 호들갑을 떨며 내려오란다. 온천의 중심지 상탕 공중목욕탕이 있는 앞마당에 사람들이 가득하다.

"박 상!"

내 이름을 부르는 여인은 이곳에서 유일하게 아는 오카미다.

"이거 한잔해요."

"이게 뭔데요?"

"이거 아마자케예요. 우리는 이걸 신년에 먹는 풍습이 있어요."

따뜻하고 달고 강한 막걸리 맛이 짜르르하다. 일본의 막걸리는 걸러내서 물을 타는 우리의 막걸리와는 다르다. 숙성된 그대로, 걸러내지 않고 먹는 술이다. 겨울에 술을 담그는 일본인에게 니고리자케濁り酒, 일본식 막걸리는 새로운 술이 완성됐음을 알리는 신호탄이다. 니고리자케를 한 잔씩 마신 사람들이 눈사람과 모닥불 주위에 모여 '미스 야마가타'와 돌아가며 사진을 찍는다. 키 크고 서

구적인 얼굴의 전형적인 대회용 미인들보다, 내 눈엔 오카미가 더 예뻐 보인다.

사람들은 매년 반복되는 이 작은 특별함을 정말 즐기는 듯하다. 모닥불이 스러

질 무렵 잠깐의 축제는 끝이 났다. 사람들이 사라진 작은 광장에 다시 가로등 불

빛과 공중목욕탕에서 뿜어나오는 증기가 거리를 더 쓸쓸하게 만든다.

　아침 일찍 료칸을 나섰다. 오카미가 문을 나서는 나를 다시 부른다.

　"박 상, 잠시만."

　"……?"

　손에 작은 초콜릿이 들려 있다.

“오늘, 발렌타인데이잖아요.”

잊고 있었다. 아니 기억할 이유도 없었다. 이곳에 머문 손님 모두에게 이 초콜릿이 전달됐을 확률이 99퍼센트였겠지만 어쨌든 기분은 좋다. 은박 금박 종이에 작은 리본 장식, 그리고 그녀의 환한 미소를 받으며 유리문을 나섰다. 그녀가 뒤에서 외친다.

“힘내세요, 박 상! 사요나라!”

모리오카

수천 년을 내려온 도시에 수백만의 사람이 뼈를 묻어도 도시는 종종 하나의 이미지로 사람들에게 기억되는 법이다. 도호쿠의 중간 이와테 현의 현도라는 것도, 미군의 폭격을 거의 받지 않은 문화의 도시라는 것도 나를 이곳으로 유혹하진 못했다. 나를 이 도호쿠의 평범한 도시로 이끈 건 면麵이었다. '면의 도시' 라는 이미지는 모리오카盛岡의 현재형이다. 눈이 내린 거리에 비가 내리다 다시 눈이 내렸다. 도시는 어찌할 바를 모르고 축 가라앉았다.

신칸센이 다니면서 유명해진 기차역은 크고 친절하다. 냉면과 자장면과 완코소바의 도시의 관광안내소 직원들은 기다렸다는 듯이 모리오카 냉면지도와 자세한 대중교통편이 적힌 자료들을 쏟아낸다. 요즘 도쿄를 가장 뜨겁게 달군 유행 음식은 차가운 모리오카 냉면이다. '냉면? 이게 왜 일본에?' 호기심에 자

료를 보니 일본에서는 거의 보기 힘든 자장면에 메밀소바까지 우리와 친근한 음식들이 잔뜩 모여 있다. 일본을 여행하는 내내 모리오카가 궁금했고 몇 번을 거쳐갔지만 정작 좋은 관광지는 많은데 특별한 관광지는 드문 곳이라는 이유가 이 도시를 돌아보는 데 주저하게 만들었다. 그리고 마침내 그곳을 찾았다.

관광안내소에서 받은 모리오카 냉면지도에는 30여 개 넘는 냉면집들이 역에서부터 죽 늘어서 있다. 역 앞의 냉면집 푠푠샤ぴょんぴょん舍. 현대식 건물과 내부, 모리오카 냉면의 이름을 만들고 전국으로 유행시킨 모리오카 냉면의 현재적 선구자다. 잘 말아올린 면에 노란 육수, 김치와 삶은 계란 반쪽 그리고 한국에서는 보기 힘든 수박 한쪽이 독특하다. 국물을 들이켜본다. 달다. 그리고 진하다. 한국의 평양식 물냉면의 쨍하고 깊고 경쾌한 맛과는 완전히 다르다. 걸죽

하다는 표현이 더 가깝다. 면을 국물에 풀어 한입 넣어본다. 쫄깃하고 질기다.
멀리서 보면 냉면이고 전체적으로 봐도 냉면인데 한국인이 먹는 냉면은 아니다.
평양식 물냉면과 함흥식 비빔냉면, 일본식 우동, 중국식 라멘이 '짬뽕된' 그런
맛이다. 일본인은 '끄덕', 한국인은 '글쎄' 라는 말이 나올 법한 기묘한 맛이다.
홀로 냉면을 먹고 고민하는 내가 이상해 보였는지 사람들이 간간이 눈을 흘긴다.

　　사람들은 술과 고기를 먹고 냉면을 먹는다. '선주후면 先酒後麵' 이다. 한국
의 고기 먹고 냉면 먹는 방법이 이곳에 있다. 한국인이 아니라면 이런 문화를 만
들 수 없다. 1987년 재일동포 2세 변용웅 사장이 냉면이라 불리던 평양식 냉면
에 모리오카란 이름을 붙였다. 시작은 순탄치 못했다. 도호쿠까지 온 재일동포
들은 "조국의 식문화를 일본에 팔아넘겼다"며 비난했다. 먹어보면 그런 주장이
쉽게 이해된다. 그러나 한국 음식문화의 정수 중 하나인 냉면은 일본 사회에 깊

게 파고들었다. 아쉬운 점은 맛이 너무 다르다는 것이다. 메밀 없이 밀가루와 밤가루로 만든 스파게티 같은 면과 일본인을 위한 단맛과 걸죽한 육수. 시작이 달랐다. 함흥에서 태어난 재일동포 양용철 씨는 1954년 식도원食道園이란 불고 깃집을 모리오카에 연다. 고향의 냉면을 그리워했지만 냉면 만드는 법을 모르던 그가 만든 냉면은 함흥식으로 만들어졌다가 외면받은 후 평양식이 가미되면서 맛이 변했다. 지금의 모리오카 냉면의 성공과 한계의 이유는 거기에 있다. 냉면은 원래 겨울에 먹는 음식이다. 장독대 위로 소복이 쌓인 눈이 동치미를 얼릴 때 사람들은 온돌에 몸을 지지며 겨울밤을 난다. 몸이 더워지면 사람들은 열을 내려주는 메밀면을 얼음이 동동 떠다니는 동치미 국물에 말고 무와 고기를 얹어 먹는다. 몸은 뜨겁고 속은 차가운 이율배반의 온도차. 사람들이 어떻게 그런 경험을 잊을 수 있을까?

한반도가 분단되면서 북한의 수많은 사람들이 남한에 흩어졌다. 사람들은 고향의 맛이 그리워 냉면을 만들어 먹었다. 대한민국 전국의 유명한 냉면집들은 실향민의 땀과 눈물이 엉긴 음식이다. 스스로 '삼팔따라지'라고 비하하며 세상을 견뎌온 사람들처럼 '슴슴한' 메밀면과 '진하고 쨍한' 육수. 함흥의 거센 여인들을 닮은 함흥냉면은 그래서 그들의 질박한 삶을 닮아 질기고 질기다. 사람이 사는 곳에 음식이 있는 법. 삶의 원형을 기억하지 못하는 사람들은 그 맛의 본질을 파악할 수 없다. 모리오카 냉면을 먹는 내내 음식보다 음식에 대한 생각들이 맴돌았다.

길을 따라 걷다가 오래된 가게들이 즐비한 거리에서 완코소바 전문점 앞에

걸음이 멈췄다. 작은 그릇을 의미하는 이와테의 사투리 '완코'에 먹는 소바란 뜻이다. 작은 가게에 손님들이 제법 많다. 완코소바는 일정한 돈을 내면 작은 그릇에 담긴 소바를 무제한 먹을 수 있는 것 때문에 유명하다. 매년 대회가 열려 실력을 겨룬다. 2009년에 열린 24회 전일본 완코소바 선수권에선 십 분 만에 399그릇을 먹은 여자가 3연패를 달성했다. '헐.' 먹기 대회의 우승자들은 대개 마른 사람이거나 여자들이다. 3천 엔을 내고 완코를 먹을 자신이 없다. 이미 냉면으로 배도 어느 정도 찬 상태다. 아직 먹어야 할 것도 많고 주머니도 초라하다. 자루소바를 시켰다. 껍질이 벗겨진 하얀 자루소바가 향그럽다. 가을걷이 메밀은 겨울이 제철이다. 차가운 자루소바는 소바의 맛을 가장 쉽게 구분하고 즐길 수 있는 음식이다. 은근한 향과 쫄깃한 식감, 좋은 쓰유 국물이 코에서 목구멍까지 흠잡을 데 없이 자연스럽다. 이 도시에 와서 한 가지 음식을 먹으라면 다음에는 완코소바를 먹을 것이다. 인터넷에 완코소바를 많이 먹는 요령이 있다.

"국물을 먹으면 안 된다."

"양념은 처음에 먹으면 안 된다."

"씹으면 안 된다. 마시듯 집어넣어야 한다."

"천천히 먹으면 안 되고 도중에 쉬면 더욱 안 된다."

그리고 주의사항이 그 밑에 씌어 있다. "완코소바는 대식가처럼 먹으면 안 된다. 천천히 맛을 즐기면서 먹는 향토음식이다."

먹으라는 건지 말라는 건지 도무지 알 수 없지만 난 후자를 택할 것이다.

한 시간에 한 끼씩 먹은 뒤 몸이 무거워졌다. 모리오카 성과 신사를 따라 길을 걸었다. 아직 먹어야 할 음식이 남아 있기 때문이다.

모리오카의 중심지 사쿠라야마櫻山 신사 길 건너편, 가게들이 촘촘하게 들어서 있는 작은 길 한편에 모리오카 자장면, 즉 자자멘의 선구자 파이론白龍이 있다. 하얀색 노렌이 인상적인 입구 그대로의 좁은 실내가 안쪽으로 이어져 있다. 벽에 걸린 사진과 달력이 우리네 오래된 이발소를 연상시키는 실내는 언제나 사람들이 메우고 있다. 자장면이 나왔다. 두터운 면 위에 오이와 대파 그리고 중국식 고기춘장. 하이라이트는 그 춘장 위에 뿌려진 '미원'이다. '흠' 소리가 절로 난다. 접시 옆에 생강이 취향대로 먹을 수 있도록 나온다.

탁자 위에 놓인 마늘, 식초, 중국식 라유를 넣어 비빈다. 두꺼운 면에서 약간 텁텁한 중국 특유의 면맛이 난다. 물엿 때문에 단맛이 강한 한국의 자장면이 아닌 춘장의 짠맛이 강한 본토 중국의 베이징 식 자장면이다. 짜지만 은근한 깊

은 맛이 배어나와 뒤로 갈수록 도는 감칠맛하며 생야채를 먹는 것까지 음식의
기원을 물어보지 않아도 알 만하다. 벽에 붙은 잡지를 보니 만주에서 이주한 일
본인이 중국의 자장면을 모리오카 식으로 재현한 음식이다. 냉면과 어쩌면 이리
도 같은 유전의 길을 걸었을까? 모리오카라는 도시가 궁금해진다.

그런데 이렇게 자장면만 먹는 것은 모리오카 자장면을 반만 먹은 것이다.
옆자리에 앉은 사람들이 자장면이 비워진 그릇에 탁자에 놓인 수북한 날계란을
깨서 그릇에 비빈다. 스님들의 발우공양처럼 그릇에 남겨진 음식들이 계란에 깨
끗하게 흡수되자 종업원이 뜨거운 육수를 날계란 위로 붇는다. 순식간에 맑은 계
란탕 같은 계란수프가 만들어진다. 무슨 맛일까? 짭짤한 계란탕 맛이다. 그래도
배가 든든해진다. 맛, 독특하긴 하지만 특별하지는 않다. 가격, 저렴하다. 양,
괜찮다. 속도, 금방 나와 후딱 먹을 수 있다. 비밀은 여기에 있다. 싸고 양 많고
빠르게 먹을 수 있는 그런 대로 괜찮은 그리고 아주 특별한 음식. 세 시간에 세
끼, 빵빵해진 배를 안고 어둠이 깔리기 시작한 상가를 지나자 식도원이 고풍스런
자태를 드러낸다. 한국의 을지로에 있는 오래된 불고깃집 같은 분위기다. 이른
시간인데도 사람들이 제법 많다. 불고기를 굽는 사람들, 어둠 때문에 차가워진
길에서 난 그 모습을 몇 분간 바라보았다. 멀고 먼 길을 지나 이곳까지 온 재일동
포들, 고향을 기억해낼 유일한 것들, 그것은 음식이었다. 불고기를 구워먹고,
냉면을 먹고, 식도원은 그 모습을 고스란히 간직하고 있다. 나도 고향이 그리워
졌고 할머니의 톳나물무침이 떠올랐다. 나는 아직 돌아갈 고향이 있다.

일본 혼슈의 끝, 아오모리青森가 있다. 오랫동안 일본의 끝이었던 이 땅은 홋카이도로 가는 시작점이기도 하다. 아오모리와 홋카이도 사이의 바다는 좁고 거세다. 오랫동안 배가 이곳을 오갔지만 세계에서 가장 긴 터널인 세이칸青函 터널이 생기면서 많은 사람들은 이제 기차를 이용해 이곳을 건넌다. 아오모리는 박쥐가 날개를 편 모양을 하고 있는 땅이다. 그래서 날개 안쪽의 바다는 평온하다. 아오모리 시와 아오모리 항구가 그 안쪽에 있다. 좌측 날개는 쓰가루津輕 반도가, 우측 날개는 시모키타下北 반도가 마주보고 있는 땅이다. 오천 년 전의 인간의 흔적들이 남아 있는 일본에서 가장 오래된 땅이기도 하다.

일본을 여행하면서 나는 아오모리를 자주 거쳐갔다. 몇 번은 기차를 타고 홋카이도로 들어가거나 나왔다. 바다와 항구 이외에는 특별한 볼거리가 없는 이

땅은 새벽이나 저녁 시간이 어울린다. 일본에서 가장 유명한 아오모리 수산시장은 새벽이라야 그제서 모습을 드러낸다. 그리고 그 수산시장에서 팔려나간 싱싱한 수산물은 저녁 아오모리의 보석이 된다. 홋카이도와 아오모리 사이의 거친 바다와 아오모리 만의 고요한 바다는 비상한 생명체들을 탄생시켰다. 오마 大間 산 참치와 가리비, 두 생명체의 명성은 전국을 넘어 세계적인 것이 되었다.

겨울밤, 이곳의 어둠은 빨리 찾아든다. 도시가 어둠에 묻히면 이자카야의 불빛들이 가로등처럼 빛난다. 사람들은 불나방처럼 이자카야로 모여들어 어깨 위에 얹어진 무게들을 내려놓는다. 이곳의 이자카야는 스시집과 같이 운영되는 게 특징이다. 어디든 스시를 말고 해산물을 내놓는다. 이곳을 갈 때마다 역 앞의 비즈니스호텔들은 나의 단골 숙소가 되었다. 호텔을 나서 스시집 순례를 시작한다. 역 앞 스시집들은 각종 가이드북과 인터넷 사이트에서 명성이 자자한 저렴한 스시집이다. 작고 오래된 카운터 몇 개만으로도 벅찬 좁은 실내에 몇몇이 스시 몇 점과 맥주를 놓고 먹고 마시고 취해 있다. 모둠 스시를 시켜 맛을 보았다. 평범하다. 삼십 분 만에 자리에서 일어나 밖으로 나서자 약간의 취기 오른 더운 몸에 찬바람이 얼굴을 훑고 지나간다.

가로등에 물든 노란 눈길을 따라 걷다가 아사이치朝市 앞에 걸음을 멈췄다. '오마 산 마구로참치 600엔'. 도쿄의 유명 이자카야에서 한 점에 2천 엔이 넘는 그 마구로를 몇 분의 일 가격에 팔고 있다. 시모키타 반도의 끝, 그러니까 진정한 혼슈의 끝인 오마는 작은 항이지만 이곳에서 잡힌 오마 산 마구로는 스시네타스시에 얹는 재료들의 정점에 있는 마구로다. 격한 바다를 힘차게 달린 놈들에게서만 나오는 담백하고 고소한 맛이 오마 산 마구로의 특징이다. 문을 열고 안으로 들어서자 긴 카운터와 다다미 좌석이 제법 규모를 갖추고 있다.

오마 산 마구로와 사람 얼굴만 한 껍데기에 아이 손바닥만 한 관자를 지닌 호타테스시를 시켰다. 호다테 관자의 부드러움, 딱딱한 껍데기는 이 부드러움을 지키기 위한 역설이다. 부드러우면서도 식감이 느껴지는 맛, 밥알과 한 치의 빈틈없는 균형을 갖췄다. 호타테스시 옆에 놓인 오마 산 마구로 중 최고라는 혼마구로, 그중 최고의 부위인 오도로스시, 정말 잠시 긴장했다. 유명인을 직접 대하는 묘한 긴장감으로 분홍색 살코기 위에 내린 하얀 눈꽃 같은 마블링을 내

려다보다 기어코 입안으로 밀어넣었다. 달콤하다. 기름지지 않은 기름기, 자연스러운 식감, 고소한 뒷맛, 그리고 달콤한 끝맛. 거기에 약간의 긴장이 더해지자 몸은 자연스럽게 흔들린다. 아오모리의 명名 사케 덴슈田酒를 곁들이자 취기 때문인지 흥분 때문인지 몸이 달아오른다. 생맥주를 한 잔 더 시켰다. 차가운 맥주가 몸을 조금 식혔다. 그러나 한번 불붙은 식탐은 멈출 줄 모른다. 여행 중에 가장 많은 술을 마셨다. 거품이 제대로 내린 생맥주는 사실 스시와 잘 어울린다. 마시고 먹고 마시고 난 그날 세상이 내일 끝나기라도 할 것처럼 마시고 먹었다. 옆자리에 앉은 대만 여자가 흘깃흘깃 대식가의 모습을 엿본다. 주인도 놀라기는 마찬가지. 생맥주 일곱 잔을 한 시간도 안 돼 마시자 주인이 말을 건다.

"정말 생맥주 잘 드시네요."

"생맥주가 아니라 스시가 맛있어서 그래요. 오마 산 마구로, 정말 최곱니다."

"오마 산 마구로가 손님 입맛에 맞나보네요."

"사이코最高, 최고!"

주인이 잠시 사라지고 다시 나타났다. 20센티미터가 넘는 오마 산 혼마구로가 그의 손에 들려 있다.

"자, 이거 서비스입니다. 저도 장사 시작하고 처음인데 아마 마지막일 겁니다. 오마 산 혼마구로 한번 실컷 드셔보세요."

"정말요?"

일본의 식당은 서비스가 없다. 반찬도 돈을 내야 먹을 수 있다. 그런데 오마 산 혼마구로를 서비스 받는 일이 벌어진 것이다.

"손님처럼 맛있게 드시는 분 처음 봤습니다. 마음 변하기 전에 드세요."

"그럼……."

마지막 전투를 치르는 군인처럼 치열하게 혼마구로와 생맥주와 사케와 그리고 여타 안주들과 함께 밤을 보냈다. 아침 일찍 떠나는 기차가 아니었다면 그렇게 일찍 일어나지 못했을 것이다.

아침, 아오모리 수산시장을 들렀다. 입구에 걸린 수십 개의 작은 등에 가게들의 이름이 빼곡하다. 작은 등처럼 다닥다닥 붙은 수산시장에서 전날 내 배를 만선처럼 가득 채운 것들의 원형을 보았다. 수산시장 내에 있는 스시집의 가격은 시내 스시집의 절반 가격이다. 일곱 시에 홋카이도로 가는 기차를 타기 위해 시장을 나섰지만 하늘은 여전히 어둠을 걷어내지 못한 채이다. 6시 47분 검은 하늘에 북극성처럼 빛나는 시계를 뒤로한 채 홋카이도 행 특급열차 슈퍼하쿠초白鳥에 몸을 실었다. 기차는 어둠이 가시기 시작한 대지를 잠시 달리다 세이칸 터널로 들어갔다. 어둠은 끝이 보이지 않게 이어졌다.

쓰가루津輕의 눈, 가루눈, 포슬눈, 함박눈, 진눈, 묵은 눈, 싸라기눈, 얼음눈.

다자이 오사무는 소설 『쓰가루』를 이렇게 시작한다. 아오모리의 서쪽에 있는 쓰가루 반도는 쓰가루 평야가 넓게 펼쳐진, 기름진 땅이지만 불안정한 기후 때문에 때때로 긴 기근으로 이어지는 척박한 땅이기도 하다.

난 이 척박한 땅을 두 번 방문했다. 사 년 전 여름이 끝날 무렵 쓰가루 철도를 타고 가나기金木에 내렸다. 순전히 다자이 오사무太宰治 때문이었다. 역에서 십 분, 다자이 오사무의 생가이자 지금은 다자이 박물관으로 사용되는 샤요칸斜陽館, 그의 소설 『사양斜陽』에서 이름을 따왔다은 다자이 고민의 시작과 끝이다. 붉은 벽돌로 지어진 거대한 담벼락 붉은 기와지붕, 이 척박한 땅을 거의 대부분 소유했

던 다자이 오사무 아버지의 권력은 도쿄의 하숙집을 전전하며 살았던 다자이 오사무의 전생애과 겨루듯이 서 있다.

좁은 문을 딛고 안으로 들어서자 번들거리는 나무 복도와 계단, 자로 잰 듯 반듯한 정원이 설계도처럼 정확하게 자리 잡고 있다. 도자기와 그림과 꽃 들의 장식은 이 무심한 공간을 더욱 우울하게 만든다. 여름의 끝자락인데도 내부는 차갑고 냉정했다. 다자이 오사무가 아니더라도 이런 공간에서는 누구나 우울증에 걸릴 듯한 분위기가 감돈다. 다자이 오사무의 파격에 가까운 소설과 여러 번의 자살, 여관 조바일본어 '초바帳場'에서 온 말로 카운터에서 일 보는 사람와의 동거 그리고 몇 번에 시도 끝에 성공한 자살. 그 사람이 조금 이해됐다. 샤요칸 앞에 있는 매점은 다자이라멘으로 유명하다. 다자이가 좋아했던 해산물을 넣은 라멘이라는데 어쩐지 조금 어색하다. 음식과 더불어 그곳에는 다자이 오사무의 소설을 비롯한 기념품들을 팔고 있다. 소설『쓰가루』를 샀다.

문득 샤미센三味線, 일본 전통 현악기 소리가 들렸다. 매점 옆에 있는 샤미센 전수관에서 들리는 소리였다. 세 줄로 연주하는 샤미센의 발상지가 바로 이곳이다. 샤미센의 경쾌하면서도 신경질적이고 여운이 없는 소리는 황량한 땅의 소리답다. 찡찡찡거리는 샤미센 소리는 스피커를 통해 마을 어디에서든 들을 수 있다. 샤미센 소리를 들으며 마을을 걸었다. 작은 신사, 오래된 미장원, 식당, 학교와 마을은 생각보다 크다.

역에서 고쇼가와라五所川原로 돌아가는 기차표를 끊고 역 2층에 위치한 식당 폿포야ぽっぽ家에 들러 시지미재첩라멘과 생맥주 한 잔을 시켰다. 창밖으로 보

이는 기찻길이 지평선 끝까지 이어져 있다. 사람이 없는 이 땅에 난 기차는 폐선의 위기를 여러 번 겪었다. 기차가 없으면 이곳의 사람들은 어쩌란 말인가? 사람들은 절실했다. 쓰가루 철도를 살리기 위한 여러 모임들이 만들어지고 만화책, 사진집이 나오고 신문과 방송이 거들었다. 기찻길의 침목을 사람들이 하나씩 구입하기도 했다. 그래서 결국은, 해피엔딩이다. 기차는 살아났고 그전보다 더 유명해졌다. 시지미라멘은 맛있다. 재첩 특유의 시원한 국물에 느끼한 라멘은 설 자리가 없다. 살캉거리는 면발에 시원한 생맥주 한 잔, 기차가 오지 않는 철길은 시간이 멈춘 채 그대로이다. 멀리 기차가 보이기 시작하자 〈이상한 나라의 폴〉의 멈춘 시간은 다시 돌아가기 시작한다.

작고 낡은 기차는 아름답다. 고쇼가와라를 거쳐 다른 세상으로 가는 동안 나는 겨울에 이곳을 다시 찾기로 했다.

그리고 사 년이 흘렀다. 나는 기어코 쓰가루를 다시 찾았다.

매일 내리던 폭설이 힘을 잃은 걸까, 눈 덮인 대지 위로 비가 내린다. 눈 위에 내리는 비는 스산하다. 아오모리에서 쓰가루 철도가 출발하는 고쇼가와라 역으로 가는 기차는 몇 편 없다. 아침 7시 56분 히로사키弘前와 가와베川部를 거쳐서 가는 기찻길 주변에 긴 사과밭이 이어진다. 사과가 없는 겨울의 사과나무는 기괴한 모습을 하고 있다. 사람만 한 나무들의 산발한 모습이 비와 간간이 보이는 하늘을 배경으로 하니 고흐의 그림처럼 단선적이고 기이하다. 일본 최고의 사과산지는 이런 모습으로 겨울을 난다. 비가 내린 탓인지 땅이 평탄한 탓인지 눈 사이로 땅이 군데군데 모습을 드러낸다. 땅의 끝에서 겨울이 끝나는 느낌이었다.

아오모리에서 가와베를 거쳐 기차는 고쇼가와라에 도착한다. 고쇼가와라
에서 가나기를 거쳐 쓰가루나카사토 津輕中里로 이어지는 쓰가루 반도를 관통하
는 쓰가루 열차는 지역의 자그만 열차다. 이곳을 유명하게 만든 데에는 다자이
오사무와 그리고 쓰가루 열차, 그중에도 스토브 열차가 있다. 찬바람이라고 하
기엔 너무도 강한 바람이 부는 땅은 눈이 잘 쌓이지 않는다. JR 고쇼가와라 역과
쓰가루 철도 고쇼가와라 역은 같이 있지만 다른 역사로 돼 있다. 쓰가루 철도 고
쇼가와라 역에 들어서자 오래된 영화 속 세트장 같은 고풍스런 분위기가 떠돈
다. 붓으로 쓴 역명과 요금표에 박물관에서나 볼 수 있는 낡은 포스터며 안내판
때문에 사람들은 조금 들떠 보인다. 스토브 열차가 플랫폼에서 사람들을 기다리
고 있다. 두 량의 기차의 한 량만이 스토브 기차로 운행된다. 나머지는 일반 객

차가 그 땅의 사람들을 싣고 달린다. 스토브 기차는 온전히 관광객들의 몫이다. 오십 년은 넘은 객차는 그야말로 오래된 것 그 자체다. 나무로 만든 의자와 나무 창 그리고 오래전 복장을 한 젊은 남자 차장 두 명과 여자 안내원. 이미 스토브 주위에 사람들이 모여 앉아 오징어를 굽고 사케를 마시면서 스토브보다 더 열기 에 넘친다. 방송국 촬영팀에 들뜬 관광객 때문에 기차는 한국의 관광버스처럼 활기차다. 오래된 것들은 오래된 만큼의 가치를 지니는 법이다.

나와 같은 중년의 남자 한 명이 열심히 사진을 찍고 다니다 나와 눈이 맞았 다. 야지마 노부아키 34세, 직업은 나고야의 지하철 기관사, 그는 앙증맞은 카 메라 세트를 갖추고 쉬는 날이면 기차를 찾아 여행을 다닌다고 한다. 나고야의 기관차 생활은 지겹고 힘들다고, 기차를 좋아하는 그가 선택한 직업이 그를 지탱 해주는 밥벌이가 되는 순간 그는 정말 좋아하는 것 한 가지를 잃은 것 같다고, 그 래서 이런 여행을 한다고 천천히 또박또박 이야기를 한다. 눈을 좋아, 기차를 좋 아 이곳까지 온 이방인과 이런저런 이야기를 나누고 우린 서로의 모습을 서로의 카메라로 찍었다. 기차가 종착역 쓰가루나카사토 역에 멈췄다. 기차 안의 작은 축제 같은 소란은 그렇게 끝났다. 쓰가루나카사토 역은 작고 황량한 역이다.

결국 내가 이 여행에서 발견한 것은 쓰가루의 서투름이라는 것이다. 졸렬함 이다. 형편없음이다. 문화의 표현방법이 없는 당혹감이다. 또한 나는 자신 에게도 그것을 느꼈다. 그러나 동시에 나는 거기서 건강한 기운을 느꼈다.

『십오 년간』 중에서

다자이 오사무의 말처럼 이 땅은 이런 황량한 땅이자 건강한 땅이다. 역 주변을 서성거릴 때마다 평탄한 땅에 바람이 분다. 이 바람을 감출 곳이 없었다. 미니 도서진열대가 마련된 일반 객차에 올라 다시 가나기에 내렸다. 사요칸, 겨울 사요칸 앞은 다자이 오사무의 사색하는 모습을 담은 깃발들이 휘날린다. 마침 영화로 만들어져 개봉 중인 다자이 오사무의 소설 『사양』의 포스터가 그의 현재진행형 인기를 보여준다. 2009년이 그의 탄생 백주년이 되는 해였다. 많은 행사가 진행됐고 진행되고 있다. 어쩐지 이 땅과 다자이 오사무는 겨울에 더 어울린다는 생각이 들었다.

다자이 오사무의 흔적은 쓰가루 전역에 강력하게 남아 있다.

쓰가루의 서쪽 해안을 달리는 고쇼가와라센은 일본에서 가장 유명한 관광 열차다. 바다와 너도밤나무숲 사이를 달리는 기차는 센조지키 千疊敷 역에 십 분간 정차한다. 바다와 길의 경계, 단층의 암석들이 있는 기이한 공간에 다자이 오사무의 문학비가 서 있다. 겨울 그 바다는 몹시도 출렁거린다. 다자이의 표현을 빌리자면 그 바다는 '눈이 녹아내린 바다'다. 그리고 쓰가루의 풍경은 "풍경 속의 인물의 존재를 허락하지 않는다. 그저 암석과 물이다." 다자이 오사무는 고향을 쫓겨나다시피 해서 떠난 뒤 1944년 전쟁의 광기가 한창일 때 고향을 처음으로 다시 찾는다. 그 여행의 기록이 소설 『쓰가루』이다.

'도시인으로서의 불안감'과 고향으로의 귀거래. 『인간실격』이니 『만년』이니 『사양』 같은 어두운 그림자가 『쓰가루』에는 없다.

쓰가루 여행이 끝난 뒤 보름 후 난 미야자키 하야오 宮崎駿의 지브리 미술관

이 있는 도쿄 근교 미카타三鷹를 걸었다. 거리에서 동판으로 된 다자이 오사무의 소설들을 보았다. 그리고 젠린지禪林寺, 그 절에서 다자이 오사무의 무덤을 보았다. 평범한 무덤, 번호가 아니면 그의 무덤을 구별조차 하기 힘들다. No. 8-5. 그의 무덤 번호다. 매년 6월 19일 그가 투신자살한 날 사람들이 모여 그를 생각한다. 소설 『쓰가루』를 쓰기 직전에 그는 두번째 결혼을 하고 미카타에 정착했다. 그가 가장 행복했던 순간이었다. 소설 『쓰가루』는 그때 씌었고 그만큼 밝은 소설이 되었다.

소설의 본문 첫 장은 이렇게 시작한다.

왜, 여행을 떠나노.

伊藤商店
保伊藤商店
大田誠商店
利商店
國晴商店
平野商店
添係商店
國商店
横山商店
商店
石塚商店
佐藤商店
中畑商店
みくに商店
こよ商店
斉野商店
木村商店
松田商店
川口商店
松橋商店
藤田呉服店
内山
山下商店
野呂商店
木村商店
山勝商店
柿崎商店
石郷
名商店
福沢商店
佐藤利商店
山掾商店
鎌田商店
田商店

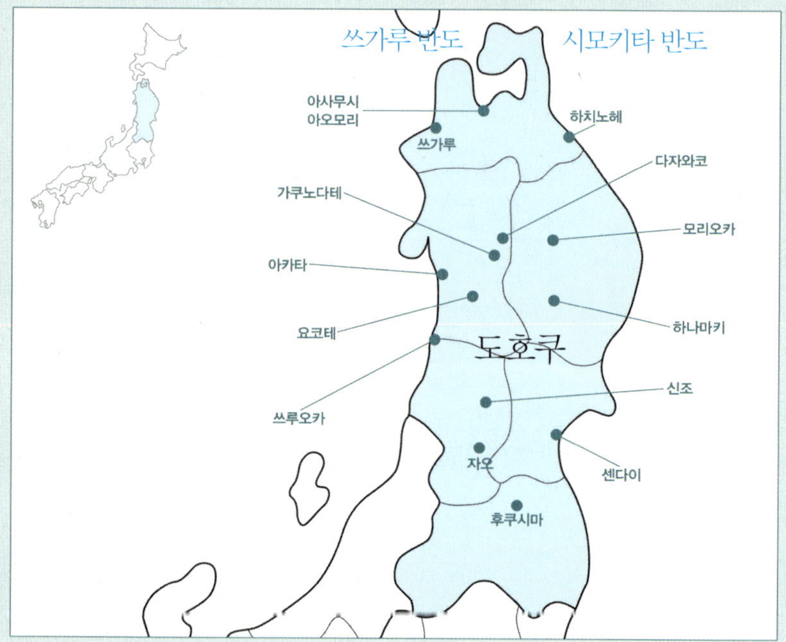

도호쿠 지방 東北地方

일본의 혼슈의 북쪽 지역에 위치한 아오모리青森,이와테岩手, 미야기宮城, 아키타秋田, 야마가타山形, 후쿠시마福島 등 6개의 현이 위치한 지역을 말한다. 혼슈의 30퍼센트를 차지하는 넓은 지역으로 산세가 험하고 높은 호설지대이다.

도호쿠에는 한국에서 직항로가 많이 개설되어 있다. 센다이仙台, 아키타, 아오모리, 후쿠시마 공항을 운항한다.

도쿄에서 이 지역을 이용하려면 신칸센을 이용하는 것이 일반적이다. 최근에 신아오모리까지 신칸센이 개통되면서 몇 시간 내에 도쿄에서 갈 수 있게 되었다. 아키타가 종점인 아키타신칸센과 신아오모리가 종점인 도호쿠신칸센이 운행된다.

특급열차와 일반열차도 많이 운행되기 때문에 이 지역을 여행하는 사람들에게 JR패스는 필수품이다.

다자이 오사무 기념관 太宰治記念館 사요칸 斜陽館

다자이 오사무의 생가. 붉은색의 호화로운 외관과 19실의 목조 방과 정원, 쌀창고 등 지역 토호의 대저택을 다자이 오사무 기념관으로 꾸며 놓은 곳이다. 사요칸 앞에 있는 마디니マディニー에서는 샤미센 기념품이나 다자이오사무의 소설책 등을 판매하고 있다.

주소 青森県五所川原市金木町朝日山412-1
전화 0173-53-2020
입관료 일반 500엔, 대학생/고등학생 300엔,
　　　 중학생 이하 200엔
개관　5월~10월 8:30~18:00
　　　 11월~4월 9:00~17:00
휴무 12월 29일
위치 쓰가루 철도 가나기金木 역에서 걸어서 5분

쓰가루 샤미센 회관 津軽三味線会館

다자이 오사무 기념관 바로 앞에 있는 건물이 바로 쓰카루 샤미센 회관이다. 샤미센의 발상지답게 샤미센 회관에서는 쓰가루 샤미센의 역사와 귀중한 자료들을 전시하고 있다. 샤미센의 생연주를 매일 들을 수 있는 곳이기도 하다.

주소 青森県五所川原市金木町朝日山189-3
입관료 일반 500엔, 대학생/고등학생 300엔,
　　　 중학생 이하 200엔
개관 5월~10월 8:30~18:00
　　　 11월~4월 9:00~17:00
휴무 12월 29일
전화 0173-54-1616
위치 쓰가루 철도 가나기 역에서 걸어서 5분

다자와코 田沢湖

드라마 〈아이리스〉에 등장하면서 한국에도 널리 알려진 호수. 수심 423.4m로 일본에서 가장 깊다. 연인의 전설과 함께 주변 산책로가 잘 정비되어 있고 온천장 등이 몰려 있어 사계절 인기를 얻고 있는 관광지다.

주소 秋田県仙北市

전화 0187-43-2111

위치 JR 다자와코田沢湖 역에서 우고코쓰버스羽
後交通バス 다자와코 일주선田沢湖一周線을
이용하여 다자와코한田沢湖畔에서 하차

가쿠노다테角館

도호쿠의 작은 교토로 불리는 가쿠노다테는
1620년에 조성된 에도 시대의 무사 거리의 모
습이 가장 잘 보존되어 있다. 특히 봄의 벚꽃
은 전국에서 손꼽히는 명소다.

주소 仙北市角館

전화 0187-54-2700

위치 JR 가쿠노다테角館 역에서 걸어서 5분

미야자와 겐지 동화마을宮沢賢治童話村, **미야자
와 겐지 기념관**宮沢賢治記念館

동화마을은 1996년 겐지 탄생 100주년을 기
념하기 위해 건립된 마을이다. 입구의 은하스
테이션과 우주, 대지, 물의 홀 등 5개의 섹션
으로 나누어진 겐지 교실이 있다. 겐지 동화마
을에서 언덕을 조금 오르면 나오는 겐지 기념

관에는 겐지 관련 책자와 겐지가 사용하던 첼
로 등 겐지의 숨결을 느낄 수 있는 유품들을
볼 수 있다. 겐지 기념관에서는 하나마키 시내
가 한눈에 들어오는 전망대도 있다.

주소 岩手県花巻市高松第26-19

전화 0198-31-2211

입장료 어른 350엔, 고등학생 250엔, 중등학생/
초등학생 150엔(공동입장권을 구입하면
2관 공통권에 어른 550엔, 고교생 350
엔, 초중생 200엔으로 할인됨)

개관 8:30~16:30

휴관 12월 28일~1월 1일

위치 JR 도호쿠신칸센東北新幹線, 카마이시센釜
石線 신하나마키新花巻 역에서 걸어서 20
분, 버스 3분, 하나마키花巻 역에서 버스로
15분

숙소

도요코인東横イン **아키타에키 히가시구치**秋田駅
東口

아키타에서 가장 저렴하고 유용한 호텔이다.
역과 호텔이 바로 실내통로로 연결되어 있어
악천후에 인기가 많다. 일본에서 가장 유명한
비즈니스 호텔체인의 아키타 지사다. 호텔 옆
으로 쇼핑몰 등이 있어 아키타를 돌아보는 데
편리하다.

주소 秋田県秋田市東通仲町4-1

전화 018-889-1045

위치 JR 아키타 역秋田駅 히가시구치東口와 연결

뉴토온센쿄 쓰루노유온센乳頭温泉郷 鶴の湯温泉
한국에는 드라마 〈아이리스〉에 등장하면서 유
명해졌지만 일본에서는 오랫동안 최고의 온천
으로 인정받는 곳이었다. 노천온천으로 유명
한 뉴토온센쿄의 7개의 온천장 중 가장 깊은
곳에 위치한 최고의 노천온천장이면서도 가격
이 저렴해 몇 개월 전에 예약을 해야만 이용
할 수 있는 인기 절정의 온천이다.

주소 秋田県仙北市田沢湖田沢字先達沢国有林
　　 50
전화 0187-46-2139
위치 아키타신칸센秋田新幹線 다자와코田沢湖 역
　　 에서 쓰루노유온센 행 버스로 아루바코마쿠
　　 사アルパこまくさ 버스정류장까지 40분. 1시
　　 간에 한 대씩 운행하는 무료버스가 아루바
　　 코마쿠사 버스정류장에서 료칸까지 운행

오사와온센 산스이카쿠 大沢温泉 山水閣
나무로 된 오래된 료칸과 현대식 료칸이 나란
히 붙어 있는 정감 있는 료칸이다. 계곡 바로
위에 있는 남녀혼탕이 인상적인 곳이다. 신관
에는 남녀 구분된 온천도 있다. 그 외에도 곡
주변으로 다양한 방들이 있는 편안한 료칸이
다. 7천 엔부터 2만 엔까지 가격도 다양하다.

주소 岩手県花巻市湯口字大沢181
전화 0198-25-2021

위치 JR 하나마키 역, 신하나마키 역에서 무료
　　 셔틀버스 운행, 버스로 30분

아사무시온센 료칸오가와浅虫温泉 旅館小川
바다와 맞닿은 온천으로 유명한 아사무시온센
에 있는 아담한 온천장으로 바다와 이어진 작
은 개천과 붙어 있다. 개천에는 백조가 사는
것으로도 유명하다. 아기자기한 인테리어 때
문에 여성들에게 인기가 많은 료칸이다.

주소 青森県青森市大字浅虫字山下280
전화 017-752-3698
위치 JR 도호쿠혼센東北本線 아사무시온센浅虫温
　　 泉 역 하차, 걸어서 5분
홈페이지 http://www.asamushi-ogawa.com

도요코인東横イン **아오모리에키 쇼멘구치**青森駅
正面口
아오모리 역 앞에 위치한 비즈니스호텔이다.
전국적인 체인망을 갖춘 호텔답게 저렴하면서
도 편리한 시설로 인기가 높다. 간단한 아침식
사와 신문, 인터넷도 무료로 제공된다.

주소 青森県青森市安方1-3-5
전화 017-735-1045
위치 JR 아오모리 역에서 걸어서 2분

미야마소 다카미야深山荘高見屋
산성 온천으로 유명한 자오온천을 대표하는

온천장이다. 수백 년간 이어 내려온 목조 건물
과 특이한 온천물과 좋은 경관 그리고 맛있는
요리로 도호쿠를 대표하는 료칸으로 손색이
없다.

주소 山形県山形市蔵王温泉54
전화 023-694-9333
위치 JR 야마가타신칸센山形新幹線 야마가타山形
　　역 히가시구치東口에서 야마코버스山交バス
　　자오온센蔵王温泉 행 버스로 40분, 자오온
　　센 버스터미널에서 하차, 걸어서 5분

식당

폿포야 ぽっぽ家

가나기 역 2층에 있는 식당으로 시지미(재첩)
라멘으로 유명한 곳이다. 재첩으로 국물을 낸
탓에 개운하고 시원한 맛이 일품이다. 만두도
맛있다.

주소 青森県五所川原市金木町芦野90-1
전화 0173-52-5880
영업 여름 10:00~21:00 겨울 10:00~20:00
위치 쓰가루 철도 가나기 역 구내 2층

규코쇼쿠도(급행식당) 急行食堂

신조 역 앞에 있는 라멘을 중심으로 한 대중
식당. 근처에서 가장 유명한 식당이다. 특별한
맛이라기보다는 기차를 기다리는 사람들이 편
안한 분위기에서 지역 음식을 맛보는 곳이다.

주소 山形県新庄市沖の町2-21
전화 0233-22-0380
영업 10:00~21:00
휴무 부정기적
위치 신조新庄 역에서 걸어서 3분

슈하이 酒盃

아키타는 물론 도호쿠를 대표하는 이자카야로
손색이 없는 곳이다. 최고의 술안주와 아키타
의 명주를 제대로 맛볼 수 있다. 예약을 하지
않으면 먹을 수 없을 정도로 인기가 많은 곳
이지만 무료안주부터 모든 음식이 다 맛있고
분위기도 좋다.

주소 秋田県秋田市山王1-6-9
전화 018-863-1547
영업 17:00~23:00
휴무 일요일, 연휴 마지막날
위치 JR 아키타秋田 역에서 택시로 10분, 아키
　　타 NHK방송국 뒷골목

푠푠샤 모리오카 역전점ぴょんぴょん舍 盛岡駅前店

모리오카 냉면(레이멘)을 현대적으로 재개발해서 전국적인 음식으로 만든 장본인이다. 모리오카뿐만 아니라 전국에 체인을 가지고 있는 식당이다. 모리오카에도 몇 개의 식당이 있다.

주소 岩手県盛岡市盛岡駅前通9-3 ジャーランビル 1F, 2F, 3F

전화 019-606-1067

영업 11:00~24:00

휴무 연중무휴

위치 JR 도호쿠신칸센東北新幹線 모리오카盛岡 역에서 걸어서 3분

쇼쿠도엔(식도원)食道園

일본에 한국 냉면 붐을 일으킨 모리오카 냉면의 원조집이다. 여전히 예스러운 가게 분위기를 지닌 채 영업을 하고 있다. 한국과 마찬가지로 냉면과 불고기 등을 함께 팔고 있다.

주소 岩手県盛岡市大通1-8-2

전화 019-651-4590

영업 11:30~15:30 / 17:00~24:00 (휴일은 10:00까지)

휴무 첫번재 세번째 화요일

위치 JR 도호쿠신칸센東北新幹線 모리오카 역에서 버스로 5분

아즈마야혼텐東家本店

소바와 완코소바로 유명한 집이다. 좋은 메밀을 사용하여 모리오카의 소바를 대표하는 집 중의 하나다. 소바 이외의 음식도 잘하기로 정평이 나 있다.

주소 岩手県盛岡市中ノ橋通1-8-3

전화 019-622-2252

영업 11:00~15:30 / 17:00~20:00

휴무 12월 31일~1월 1일

위치 JR 모리오카 역에서 모리오카 버스센터盛岡バスセンター행 버스를 타고 모리오카버스센터盛岡バスセンター 에서 하차, 걸어서 3분

파이론白龍

한국의 자장면과 거의 같은 자자멘으로 유명한 집이다. 저렴한 가격에 독특한 음식을 맛볼 수 있다.

주소 岩手県盛岡市内丸5-15

전화 019-624-2247

영업 11:30~20:00

휴무 일요일

위치 모리오카 역에서 버스로 겐초시야쿠소마에(현청·시청앞)県庁·市役所前 정류장 하차 걸어서 2분, 사쿠라야마 신사桜山神社 앞

3부

홋카이도 北海道

겨울의 대지

누구는 추억을 만들기 위해 여행을 떠나지만 누구는 추억을 잊기 위해 여행을

떠난다. 이와이 슌지岩井俊二의 영화 〈러브레터〉는 눈 내리는 오타루小樽가 아니

면 그 순수성을 감당하기 불가능한 영화였다. 영화의 마지막 나카야마 미호中山

美穂는 해가 없는 차가운 눈밭에 서서 그의 연인을 삼킨 어둡고 깊은 산을 향해

외친다.

"오겐키데스카잘 지내세요?"

"와타시와 겐키데스저는 잘 있어요."

그녀는 하늘의 구름처럼 망망한 눈을 밟고 몇 번인가 외친다. 깊고 어두운 산도 눈으로 덮여 있다. 그녀의 외침이 메아리가 되어 돌아온다.

"저도 잘 있어요."

오랫동안 일본인들에게 오타루는 연인들의 공간이었다. 〈러브레터〉 이후
한국인들에게도 오타루는 영화의 추억을 기억하고 싶은 곳이 되었다. 영화 속
여주인공이 살던 〈러브레터〉의 주무대인 구반별저舊坂別邸는 일본인과 한국인
들에게 청춘의 순백한 사랑의 보물창고 역할을 하다가 2007년 5월 26일 완전히
불타버렸다. 홀로 살던 노인이 땔나무 스토브에 옷을 말리다가 벌어진 일이었
다. 이제 나카야마 미호가 연인을 눈 속에서 보냈듯이 사람들도 영화 속에서만
그곳을 기억하게 된 것이다. 오타루는 그래서 우리에게도 추억을 잊고 새로운
기억을 더듬고 오는 공간이 되었다.

그리고 오타루는 밤의 도시다. 오타루는 겨울의 도시이자 눈의 도시다.

낮의 오타루는 아름답지만 특별하지 않다. 눈이 내리고 어둠이 깔리고 가
로등 불빛이 들어오면 오타루는 제 모습을 드러낸다. 눈은 오타루 야경의 완성
자다. 빛이 눈과 함께 작고 오래된 건물들을 거룩하게 한다. 저녁 가로등과 작
은 전구 장식이 화사하다. 빛이 이토록 잘 어울리는 도시가 있을까? 하늘에서
내려 지상에 도착하기 직전의 눈들이 빛을 받아 어둠 속에서 문득문득 나타났다
가 유성처럼 땅으로 떨어진다.

오타루의 상징 같은 운하는 낮에 보면 싱겁다. 규모가 작기 때문이다. 그런
데 겨울밤의 운하는 그 작은 규모로 인해 연인처럼 다가온다. 운하 위로 촛불등
이 띄워지고 작은 가마쿠라에 촛불이 켜지고 가스등에 노란 불이 존재감을 드러

낼 무렵 하늘은 검푸른색을 띤다. 사람들이 운하 주변을 새까맣게 물들인다. 눈이 바람에 실려 '갈 지之' 자로 휘날리는 모습조차 이곳에서는 행복하다. 대지에 가득한 눈의 유성이 운하의 촛불 속으로 빨려들어간다. 운하가 은하수처럼 다가온다. 사람들의 기원 때문일까, 마지막 어둠은 쉽게 운하 주변을 떠나지 못하고 눈과 함께 맴돌다 사라졌다. 사람들의 행복한 기운이 이곳을 감돈다.

눈 속의 촛불을 켜는 젊은이들이 한국말을 한다. 관광객이 아님은 유니폼으로 알 수 있다. 오타루 눈빛거리축제에 참여하는 한국인 자원활동단 '오코보 OKOVO'의 일행들이다. 오타루 여행이라는 특권이 주어지는 이 모임에서는 사십여 명 정도가 매년 오타루 축제 기간에 자원활동을 한다. 내 대학시절에는 꿈도 꾸지 못한 멋진 봉사다. 부럽다. 그들 덕에 눈 조형물들 중에 한국에 관련된 것들이 눈에 띈다. 눈과 사람들 사이와 운하를 걷느라 추위를 느낄 틈도 없었다. 운하의 끝에 이르러 비로소 볼이 아려온다. 가로등 때문에 완전한 어둠은 이 도시에 내리지 않지만 하늘은 검디검다. 따스한 곳을 찾아서 배를 채워야 이 추위가 가실 것이다. 길을 따라 가다가 작은 식당에 빼곡히 앉은 사람들이 행복해 보인다. 혼자 다니는 여행이 가장 견디기 힘든 건 역시 이런 행복한 밤이다. 홋카이도의 명물 양고기 징기스칸을 파는 집의 따스한 불빛이 사람들을 불러모은다. 혼자서는 그 공간에 들어가기 힘들다.

오타루는 언덕의 도시다.

바다에서 끝나는 땅은 급하게 경사를 이루며 산을 향해 나 있다. 오타루는

그래서 언덕의 도시로 불린다. 오타루란 예쁜 도시 이름은 이 땅을 경계 없이 지배했던 아이누족의 말에서 유래한다. 인디언들이 이름을 길게 짓듯이 아이누족도 특성이 가장 잘 드러나는 말로 이름을 짓는다. 오타루는 '오타 오르 나이' 즉 '모래톱 가운데 강'이라는 말에서 나왔다. 지금 오타루는 커다란 강이 없다. 원래 오타루는 삿포로札幌와 오타루 시의 경계 지역이었다. 그 땅은 바람이 많고 배가 정박하기에 어려운 땅이었다. 지금의 오타루로 당시 번이 이름만 가지고 옮겨오면서 오타루의 지금 모습이 형성되었다. 1920년대 오타루는 홋카이도의 중심도시 삿포로보다 인구가 많던 항구도시였다. 석탄 수송을 위한 공업항은 1960년대 이후 석탄산업이 사양길로 접어들면서 관광의 도시로 바뀐다. 이처럼

극적으로 도시의 성격이 바뀐 경우는 흔치 않다. 오타루의 낭만적인 도시 분위기는 공업도시의 잔재들에서 비롯된 것이다. 오타루 운하와 오타루 아카렌카赤煉瓦 창고, 기타이치가라스北一硝子 같은 오래된 석조건물들은 석탄 대신 유리와 꿈을 가득 담고 사람들을 불러모은다.

오타루는 스시의 도시다.

『미스터 초밥왕』의 주인공 오타의 출신지이자 주 무대는 바로 오타루다. 스시의 거리에 스시 챔피언 간판, 저렴한 스시에서 비싼 스시까지 스시가 넘쳐 나는 곳이다. 그중에 와라쿠和樂도 있다. 오타루의 쟁쟁한 스시집들 사이에서 거의 유일한 회전스시집이다. 커다란 실내에 사람들이 빼곡하다. 이십 분을 넘게 기다려 자리 하나를 얻었다. 돌아가는 회전판 위로 수십 가지의 스시들이 자신을 선택하라고 눈길을 보낸다. 그러나 회전스시집에 가장 맛있게 먹는 방법은 회전스시를 먹지 않는 것이다. 직접 스시 장인에게 자신이 먹을 것을 주문해야 한다. 엔가와광어 지느러미, 연어, 아카미참치의 붉은 살를 시켰다.

스시는 위에 얹는 네타와 초밥의 조화로 먹는 음식이다. 네타가 개성을 표현한다면 초밥은 맛을 결정한다. 일본의 스시전문가들은 초밥의 맛이 스시 맛의 70퍼센트를 결정한다고 말한다. 그래서 실력은 초밥을 짓고 쥐어내는 솜씨에서 갈린다. 『미스터 초밥왕』에 나오는 것처럼 초밥알 사이로 공간이 있는 듯 없는 듯해야 한다. 그래야 뭉쳐진 것처럼 보이는 초밥이 입에 들어가는 순간 불꽃놀이하듯 한 번에 입안에서 흩어져야 제대로 초밥을 만들어낸 것이다. 그사이로 식감을 대표하는 네타들이 그 맛의 개성을 표현한다.

잘 짓고 잘 쥐어낸 밥알들이 보석처럼 한 알 한 알 입안에서 흩어진다. 엔가와의 고소한 감칠맛, 연어의 부드러움, 아카미의 기름기가 흠잡을 데 없이 견고하다. 회전스시집의 실력이 도쿄의 2만 엔대 고급 스시집에 버금간다. 스시 접시가 빠르게 쌓여간다. 그날 눈도 접시처럼 소복소복 오타루를 감싸 안고 쌓였다.

오타루는 혼자 남은 자에겐 너무 외로운 도시다. 연인이나 가족이나 친구가 필요한 사랑의 도시다. 일상을 함께 꿈꿀 사람이 필요한 도시다. 사랑하는 사람을 영원히 가슴에, 품에 안은 기억의 도시다. 새벽에 일어나 가모메야かもめ

료칸을 나왔다. 밤새 곱게 단장한 눈을 가로등이 지켜주고 있다. 그 첫눈에 발자국을 남긴 건 사람들이 아니라 고양이들이다. 고양이 발자국이 작고 촘촘하게 배회하고 있다.

오타루 역은 어둠이 있는 한 아름답다. 플랫폼에 켜진 가스등이 초록색 띠를 두른 보통기차를 맞는다. 새벽 기차는 선로에 쌓인 눈을 가르며 나아간다. 구름이 가득한 하늘에 먼동은 저녁처럼 파란색으로 어둠의 끝을 알려줄 뿐이다. 보통기차 안의 사람들이 유난히 피곤해 보인다. 삿포로로 가는 보통기차는 여전히 그곳 사람들의 차지다. 오타루는 알라딘의 마법램프 같은 곳이다.

아사히카와旭川는 향기 나는 눈의 도시다. 소설 『빙점』의 미우라 아야코三浦綾子는 이곳에서 태어나 이곳에서 살면서 이곳을 무대로 소설을 썼다. 그녀는 『빙점』에서 눈에 향기가 없는 것을 다행으로 여겼다. 향기 있는 눈을 감당할 방법이 없었기 때문이다. 홋카이도의 많은 땅이 그러하듯 아사히카와는 눈의 도시다. 겨울 아사히카와 강변에서 열리는 눈축제는 아사히카와 사람들과 이방인들의 축제다. 거대한 얼음성과 작은 눈사람들. 어린이건 어른이건 눈축제장에서는 누구나 눈처럼 고와진다. 아사히카와 역 앞에서부터 중심가까지 눈축제가 시작된다. 거리 옆으로 얼음조각과 눈 조각이 죽 이어져 있다. 그 길을 따라 십 분 정도 걸으면 이시카리가와石狩川 강변이 한눈에 들어온다. 이른 아침부터 아이들의 손을 잡은 부모들이 모여들었다. 사람들 사이를 맴돌다 역으로 나왔다.

출출하다. 홋카이도는 먹거리의 도시다. 맥주와 아이스크림과 연어와 털게, 우유와 수프카레와 양고기 징기스칸과 이자카야의 도시이자 라멘의 도시다. 라멘은 개항과 함께 중국인 노동자들에 의해 들어온 음식이다. 그래서 지금도 라멘을 '중국면'이라는 뜻의 주카소바 또는 지나소바라 부른다. 홋카이도의 추운 날씨를 맞아본 사람이라면 라멘이 이 땅과 얼마나 잘 어울리는 음식인지 금방 알 수 있다. 기름지고 염분이 가득한 음식은 이곳의 추위를 견디기에 제격이다. 하코다테函館는 시오소금라멘, 삿포로와 아사히카와는 쇼유간장와 미소된장라멘이 각각 유명하다. 그 맛 덕분에 홋카이도를 넘어서 전국적으로 라멘의 대명사가 되었다.

아사히카와의 수많은 라멘 명가의 원조집 바이코켄梅光軒. 의외로 지하에 위치하고 있다. 지하 입구를 내려서자 사람들의 행렬. 십 분을 기다려 내부로 들어서자 이번에는 앉아서 기다리는 사람들의 행렬이 이어진다. 라멘 먹기 힘들다. 좁은 입구와 달리 내부는 반짝반짝 빛난다. 붉은색 테이블을 두고 요리사와 손님이 마주보고 앉는 구조다. 종업원들은 잘 훈련된 분대처럼 일사불란하고 침착하고 기계적으로 움직인다. 라멘을 먹기 전에 라멘 만드는 모습에 반할 만하다. 한국의 라멘처럼 얇고 고불고불한 면발이 된장과 돼지뼈 국물로 우려낸 육수와 잘 어울린다. 어딜 가도 원조들은 기본의 맛을 내는 것이 특징이다.

아사히카와에는 라멘 박물관이 있다. 아사히카와의 수많은 라멘 명가들은 도쿄를 가든 오사카를 가든 만나볼 수 있을 정도로 유명한 집들이 많다. 그중 대여섯 집을 선정해 만든 곳이 라멘 박물관이다. 박물관 입구에는 라멘 신사도 있다. 음식은 그 문화를 가장 먼저 반영하고 가장 늦게 변하는 체계다. 겨울 추운 땅을 돌다보면 그 이유를 정확하게 알 수 있다.

아사히카와 2

어둠이 깔린 눈의 땅 위로 불이 켜지고 비잔틴 양식의 중세 성을 닮은 건물들이 빛난다. '눈의 미술관雪の美術館'이다. 일본에서 가장 아름다운 눈의 결정이 내린다는 아사히카와 눈의 모든 것을 볼 수 있는 곳이다. 입구에 들어서면 눈의 결정 모양의 육각형 계단을 빙글빙글 돌아 18미터 아래의 지하세계로 내려간다. '눈의 여왕'이 사는 얼음궁전으로 가는 긴 통로 같은 길을 내려가다보면 어느새 온도는 한기를 느낄 정도로 서늘해진다. 길 옆으로 난 실제 얼음기둥이 얼음궁전을 완성한다. 그 정점에 '스노 크리스털 뮤지엄'이 있다. 하얀 바탕에 푸른색 스테인드글라스, 그 위에 촘촘히 박힌 눈의 결정들. 눈은 같이 내리거나 같이 쌓여도 아름답지만 홀로 보면 더욱 아름답다. 완전한 육각형의 대칭은 같은 것들이 없다. 하나 하나 개별적으로 아름다움을 지닌 눈이기에 모두 같이 내려도 아

름다운 것이다. 홋카이도대학에는 저명한 눈 학자들이 수두룩하다. 고바야시 데이사쿠小林禎作도 그중의 한 명이다. 그는 눈의 결정은 겨울의 '에페메랄 ephemeral', 하루만 피는 꽃으로 명명했다. 눈이란 같은 이름을 가졌어도 다 같은 눈이 아니다. 너무 추워도 너무 더워도 아름다운 꽃 같은 눈은 만들어지지 않는다. 눈 결정의 권위자 고바야시 교수의 결정에 관한 사진과 자료들이 사람들을 환상의 세계로 데려간다.

어린 시절 눈의 결정을 모은 일본 사진집을 보고 눈을 떼지 못한 적이 있었다. 나만이 아니고 기원전 150년 중국인들도 눈의 결정에 매료되었다. 중국 전한의 한영韓嬰은『한시외전韓詩外傳』이라는 책에서 '나무와 풀의 꽃은 대개가 오각형이지만 눈은 육각형'이라는 기록을 남겼다. 17세기 사람들은 눈의 결정을

그림으로 남겼다. 사진이 발명되자 사람들은 현미경으로 관찰한 눈의 결정을 남겼다. 부드러운 파스텔톤의 눈의 박물관을 걷노라면 누구나 『눈의 여왕』에 등장하는 카이와 게르다같이 얼음에 갇혀버린다.

하얀 눈의 궁전을 나서자 하얗고 검은 눈의 도시가 반짝반짝하다. 어둠이 내린 아사히카와는 먹거리 천국이다. 겨울이면 밤에는 어김없이 눈이 내린다. 한때는 일본에서 가장 춥고 눈이 많은 곳이었지만 도시가 건설되면서 온도는 급속도로 올라갔다. 영하 41도까지 내려갔던 온도가 지금은 영하 40도를 체 넘지 무하는 겨울을 지난다. 그러나 '아열대'에 사는 한국인들에게 이 온도는 살인적이다. 일곱 시가 조금 넘은 시간이지만 거리에는 사람들이 별로 없다. 그렇다고 사람들이 전부 집으로 간 건 아니다. 아사히카와의 중심부 나나조七條 거리 거리의 찐빵 노점이 증기로 가득하다. 증기가 눈처럼 노점을 감싸안

고 있다. 그 맞은편 이자카야 간판 몇 개가 초롱초롱 빛난다. 오자시키お座敷 이자카야, 즉 다다미 방으로 된 이자카야의 명물 오후네大舟다. 다다미 방에 죽 둘러앉아 길고 추운 겨울밤을 사람들과 견뎌내는 곳이다. 커다란 새우 사시미, 성게알, 천연 가리비, 세 개의 바다와 접한 홋카이도의 해산물이 참을 수 없는 식탐을 선물한다.

홋카이도 최고의 쌀의 생산지인 덕에 유명한 사케들이 조연처럼 등장한다. 오토코야마男山, 고쿠시무소國士無雙, 전국의 술꾼들을 들썩거리게 하는 사케가 백자 항아리에 한 가득 담겨 나온다. 홋카이도의 유명한 맥주까지 곁들여지자 사람들은 이야기에 취하기 전에 음식에 취하고 술에 취한다. 추운 땅은 추운 땅대로 사람들이 견딜 만한 것들을 갖추고 있다. 사람들은 좌절하기 않는다. 사람들은 견딜 만한 것들을 만들어내고 그것으로 살아간다. 그래서 언제나 '인간만이 희망' 이 된다.

아·사·히·카·와·3

아사히카와를 떠나기 전 동물원을 가기로 했다. 혹한의 겨울에 볼 것 많고 먹을 것 많은 아사히키와에서 무슨 동물원인가 하겠지만 아사히카와에서 아사히야마 旭山 동물원을 보지 않았다면 아사히카와를 제대로 못 본 것이거나 가장 신나는 체험을 하지 못한 것이다.

역에서 버스로 사십 분, 입구는 평범한 동물원 그 이상도 이하도 아니다. 눈 덮인 동물원을 따라 걷는데 갑자기 사람들이 소리를 지르며 박수를 치며 즐거워한다. 사람들의 눈이 일제히 그곳을 향했다. 펭귄들이다. 동물원의 길 위로 펭귄들이 무리를 지어 걷고 있는 것이다. 〈동물의 왕국〉 같은 다큐멘터리나 동물원을 우리가 사랑하는 이유는 안전한 거리에서 다른 종들을 지켜보는 데 있다. 그래서 동물원의 모든 동물들은 우리 안에서 오로지 사람의 시선을 받는 존재이다. 그런데 동물들이 돌아다니고 있다. 처음에는 경계가 허물어지는 당혹감이 들지만 동물들과 같이 있다는 원시적 야성이 사람들을 흥분시킨다. 그리고 펭귄이다. 살진 자그만 인형들이 사람처럼 두 발로 서서 뒤뚱거리며 걸어가는 모습, 처음으로 걸음마를 시작한 아기 같은 모습에 사람들은 순수해진다. 그게 펭귄의 매력이다. 그러나 이곳에는 '바다를 나는 펭귄'으로 불린다. 이곳의 수족관은 사람들 옆에만 있는 게 아니라 위에도 있다. 뒤뚱거리는 펭귄들은 물속으로 들어가는 순간 전연 다른 종이 된다. 유연하고 빠르고 우아한 그리고 먹이를 향해 전투적인 야성의 동물로 변한다. 유리 천장에 가득한 물 위로 파란 하늘이 보인다. 그사이를 헤엄치는 펭귄은 바다를 날고 하늘을 난다. 그 경쾌함은 펭귄보다 사람들을 더욱 해방시킨다. 미야자키 하야오의 애니메이션의 공중비행 장면처럼 고도감, 속도감이 느껴진다. 땅 위에서는 걷지도 못하는 바다표범도 물속에서는 펭귄과 같이 난다. 이곳은 동물들의 진정한 모습을 볼 수 있는 곳이다.

동물들의 일상 복귀, 인간과 동물의 동등한 눈높이. 다소 엉뚱해 보이는 이런 발상이 멀고 춥고 작은 도시를 일본 최대의 방문객이 찾는 동물원의 도시로 바꾸어놓았다. 1960년대에 개원한 후 1990년대 폐원 위기를 맞았지만 2000년 펭귄관이 개장하면서 한해 3백만 명이 넘는 사람들이 찾는 곳이 되었다. '펭귄을 날게 하라' '펭귄 행동 전시' 같은 모토는 그러니까 펭귄에게 일상을, 자유로운 일상을 제공한다는 것이다. 아사히야마 동물원의 동물들은 사람들을 구경하며 지낸다. 〈혹성탈출〉이란 영화가 공포스러웠던 것은 다른 종의 지배라는 것

이었다. 다른 종과 공존은 도시에서 문명에서 그리고 현실적으로 불가능하다. 아사히야마 동물원에 가면 그런 꿈같은 일이 조금은 현실이 된다. 그리고 역시 펭귄은 겨울에 만나야 제 모습을 드러낸다. 뒤뚱거리며 걷는 펭귄의 산책이 다시 시작되자 새로운 관광객들이 다시 열광한다. 펭귄들의 모습, 펭귄들의 편안하고 안전한 일상, 우리가 꿈꾸는 행복과 별로 다를 게 없다.

왓카나이

눈이 내린다. 홋카이도의 겨울은 눈의 일상에 익숙해져야 한다. 막히거나 터진 기차 플랫폼에 내리는 눈은 소리를 끌어당기고 빛을 토해내는 탓에 영화의 스크린처럼 몽환적이고 비현실적이다. 바람에 실려 대오를 이탈한 눈꽃 몇 송이가 사람들 곁으로 다가왔다 이내 사라진다. 그리운 것을 찾아온 외로운 것들은 작은 눈물 자국을 남긴 채 '눈 녹듯이' 녹는다. 왓카나이稚內, 일본의 최북단의 땅으로 가는 길은 아사히카와에서 시작된다. 아사히카와는 눈의 도시라는 애칭답게 눈처럼 투명한 도시다. 도시를 닮아 기차역도 대도시 역사의 위압감도, 너무 작은 간이역의 외로움도 없다. 겨울이면 거의 매일 내리는 눈은 기차역도 비켜가지 않는다.

눈을 온몸으로 맞으며 철로 위에 선 특급열차 슈퍼소야スパ宗谷는 날렵하다.

아사히카와에서 왓카나이까지의 멀고 긴 땅을 달리는 슈퍼소야는 하늘을 닮은 상쾌한 파란색 투구를 뒤집어쓴 사무라이처럼 당당하게 출발시간을 기다리고 있다.

출발 이십 분 전, 플랫폼 안에 있는 다치구이立ち食い소바서서 먹는 소바 가게에서 따뜻한 소바 한 그릇을 시켰다. 식욕을 돋우는 붉은색 나무 그릇에 국물 속 잘 반죽된 소바가 고요하다. 영하 5도의 대기 탓에 소바의 김이 더욱더 도드라져 보인다.

후루룩, 주루룩.

김은 얼굴에 따뜻한 온기를 남기고 뜨거운 국물과 소박하고 거친 소바면은 몸 안을 훈훈하게 만든다. 옆에서 소바를 먹는 몇 명의 여행자들의 표정이 행복하다. 이국에서의 장거리 여행에 이런 짧은 순간은 쉼표처럼 편안하고 느낌표처럼 설렌다.

‘구구궁’ 슈퍼소야는 아사히카와를 벗어나자 순식간에 엄청난 속도로 대지를 가른다. 기찻길은 눈에 가려 땅과 구분하기 힘들다. 슈퍼소야의 엄청난 속도가 레일의 눈보라를 흩날리자 기찻길은 비로소 제 모습을 드러낸다. 슈퍼소야의 속도감은 기관차의 독

JR
日本最北端の駅
北緯
45度24分44秒
稚内駅

특한 구조 때문에 배가된다. 기관차의 맨 앞에 기관사가 없다. 좁고 긴 창은 여행자들을 위해 개방돼 있다. 그곳에서 보이는 기찻길은 가깝고도 멀게 이어져 있다. 기찻길이 왼쪽으로 휘어지면 기차도 왼쪽으로 기울어진다. 거대한 스노보드를 타는 것처럼 슈퍼소야는 길에 즉자적으로 반응한다. 일본에서 가장 추운 땅 비후카美深를 넘어 소바의 역 오토이넷푸音威子府를 지나 사로베쓰サロベツ 원시림을 지나자 우측으로 거대한 산이 불쑥 나타난다. 이 비현실적인 산은 홋카이도의 대지에 있는 것이 아니다. 좁은 바다 건너편에 위치한 리시리토利尻 섬의 화산 리시리후지利尻富士 산이다. 산과 바다가 보이는 순간이 슈퍼소야가 보여주는 최고의 경관이자 마지막 경관이다. 일본의 최북단역 왓카나이 역에 도착한 것이다. 역은 온통 일본의 최북단을 알리는 문구로 치장되어 있다. 일본의 기차는 이곳에서 더 이상 가지 못한다. 일본의 최남단 가고시마에서 3074킬로미터를 달려 온 종착역은 눈 속에 고요하다.

역사를 나서자 '바람의 도시'라는 이름처럼 찬바람이 나를 처음 맞는다. 역 우측으로 작은 버스터미널이 있다. 이곳에서 일본의 땅끝 소야미사키宗谷岬로 가는 버스가 출발한다. 버스터미널은 어디든 사람들의 수런거림이 넘쳐나는 공간이다. 나와 같은 기차에서 내린 사람 세 명도 같은 버스에 오른다. 처음 보는 사람들과 내 행선지는 아사히카와에서부터 정확히 일치한다. 버스는 아스팔트와 눈이 뒤섞인 길을 따라 오십여 분을 달린다. 우측으로 북위 45도의 차갑고 거센 동해 바다가 길게 이어진다. 버스에서 내리자 바늘 같은 바람이 얼굴을 훑고 지나간다. 왓카나이 역의 바람은 이곳의 바람에 비하면 산들바람에 가깝다.

宗谷岬
日本最北端
只今の気温
-4.0℃
北緯45度31分14秒

거센 바람 탓에 눈도 많이 쌓이지 못하고 날려 바다로 빨려 들어간다. 소야미사키를 표시하는 삼각형 조형물의 날카로운 끝이 바람을 더욱 차갑게 한다. 구름이 잔뜩 낀 날씨지만 하늘은 어둡기보다는 투명에 가깝다. 구름이 빠르게 하늘을 건널 때마다 바다는 거세게 흔들린다. 조형물이 가리키는 끝을 기점으로 좌측으로는 동해, 우측으로는 오호츠크 해로 구분된다. 땅끝에서 바다는 만나거나 갈라진다.

원래 아이누족의 땅이었던 왓카나이는 아이누어로 '차가운 물이 흐르는 습지'라는 뜻이다. 육지의 끝이 바다를 갈라놓은 땅, 왓카나이. 일주일 동안 일본 열도를 거슬러 올라와 보고 싶었던 일본의 땅끝이다. '북위 45도 31분 14초', 땅끝의 건물들은 온통 일본의 최북단이라는 문구로 가득하다. 최북단의 슈퍼, 최북단의 료칸, 최북단의 라멘 가게 그리고 최북단의 화장실까지. 최북단의 화장실에서 소변을 보다가 마치 개처럼 영역표시를 하고 있다는 생각이 들어 속으로 픽하고 웃음이 나왔다. 왜 땅끝이 보고 싶었는지는 모르겠다. 매번 여행의 목적지에 다다른 순간 뫼비우스의 띠처럼 그건 새로운 시작일 뿐이라는 현실에 직면하면서도 끝이 주는 명확성은 사람들을 유혹한다. 최북단의 슈퍼는 이런 사람들의 마음을 잘 알고 있는 장사꾼이다. 최북단 증명서를 팔고 있기 때문이다. 40킬로미터 너머는 러시아의 사할린이다. 러시아 맥주와 러시아 담배, 그리고 러시아 인형 마트료시카 같은 러시아 물건들이 이 땅에 서린 긴장감을 말해준다. 추운 날이었고 외로운 낮이었다.

역 앞 도요코인이라는 호텔 체인에 짐을 풀었다. 겨울밤은 빨리 찾아온다.

다섯 시가 넘어서자 이미 완벽한 어둠이 거리를 지배한다. 어둠에 가로등이 존재감을 밝힌다. 대지에 쌓인 눈은 가로등 불빛을 반사해 골목들을 영화세트장처럼 반짝반짝 빛나게 한다. 호텔 주변을 어슬렁거리다 스시집 S의 작고 따스한 불빛에 끌려 들어갔다. 작은 렌카 밑으로 몸을 숙여 작은 미닫이문을 열자 온기가 밀려들어온다. 세 평 정도 되는 작은 가게는 바 같은 긴 탁자만이 놓여 있다. 손님과 주인이 1미터도 안 되는 바를 사이에 두고 마주앉는 구조다. "어서 오세요." 오십대 후반의 주인의 은근한 목소리가 바의 거리만큼 편안한 가게다. 홋카이도는 일본에서 가장 유명한 먹거리의 고장이다. 특히 풍부하고 신선한 해산물로 만든 요리는 악마처럼 사람들을 유혹한다. 테이블 위로 스시의 네타들이 가지런하게 놓여 있다.

"노미모노와 마실 것은?"

"나마비루 구다사이 생맥주 주세요."

이자카야든 스시집이든 술을 파는 곳은 어디든 무조건 마실 것을 먼저 주문하는 것이 일본의 관행이다. 겨울 냉면을 즐겨먹을 정도로 몸이 뜨거운 나는 여름이든 겨울이든 일본에 오면 생맥주 한 잔에 목숨을 걸 정도다. 어릴 때부터 차가운 것은 내 몸과 잘 맞는 옷처럼 편안했다. 차가운 생맥주 한 잔의 알싸함은 일본 여행을 불러일으키는 전채같이 경쾌하고, 추운 겨울이 되어야 만나는 눈은 오랜 벗처럼 친근하다. 겨울이 되면 눈이 있는 곳을 찾는 여행은 숙명처럼 깊어졌고 어른이 되어서도 어린아이 같은 뜨거운 몸은 변하지 않았다.

카푸치노처럼 거품이 고운 생맥주가 나왔다. 맥주를 다룰 줄 아는 주인이

다. 보드라운 거품이 입안을 가득 메우자 거품 속으로 쌉싸래하고 고소한 노란 맥주가 식도를 타고 몸속으로 들어간다. 시원하고 상쾌하다. 몸은 격렬하게 맥주 맛에 반응한다. 땅끝에서 느낀 '거의 완전한 고독'은 순간 '거의 완벽한 자유'로 바뀐다.

"어디에서 왔소?"

"한국에서 왔습니다."

"아, 한국!"

"가고시마에서 기차만을 이용해서 일주일 만에 왔습니다."

"혼또 진짜로?"

"네."

양손을 움직여 스시를 만들던 주인은 믿을 수 없다는 표정이었다.

"가능합니까?"

"네, 이렇게 왔잖아요."

"야, 미치지 않고, 이 겨울에, 그 먼 곳에서, 기차를 타고……."

오징어 스시, 연어 스시 같은 왓카나이의 특산물에서 마구로스시까지 맥주와 스시의 경쾌한 만남은 포만감이 느껴질 때까지 계속되었다. 주인과 나는 자신의 삶과 타인의 삶을 번갈아 듣고 이야기했다. 아마 스시집 주인과 내가 다시 만날 일은 없을 것이다. 짧은 하루 동안의 만남과 사소한 이야기들만 문득문득 기억 속에서 살아날 것이다. 아침이 되면 나는 다시 이곳을 떠나야 한다. 내일이면 땅끝은 출발점이 되고 종착역은 출발역이 될 것이다. 홋카이도를 돌고 돌

아 지치고 지쳐 다시 후쿠오카福岡로 가야 하는 수천 킬로의 먼 길이 나를 기다
리고 있기 때문이다.

스시집 주인 말대로 '내가 정말 미친 게 아닐까' 하는 생각이 들었다. 그럼
에도 나는 겨울 여행을 멈출 수 없다. 맥주 때문인지 스시 때문인지 아니면 훈훈
해진 속 때문인지 그날 밤 나는 꿈도 없는 깊은 잠에 빠져들었다.

센.모.혼.센.1

아바시리網走는 먼 땅이다. 홋카이도의 최동단의 황량한 땅과 바다의 경계에 있

는 이곳은 삿포로, 아사히카와에서도 먼 곳이다. 일본의 대표적인 형무소 아바

시리 형무소가 이곳에 있는 것은 우연이 아니다. 한번 들어가면 형기를 마칠 때

까지 누구도 그 땅을 벗어날 수 없기 때문이다. 물론 모든 규칙에 예외는 있다.

중범과 정치범의 수용소에서 탈출에 성공한 두 명의 전문 탈주범들의 이야기는

전설이 되어 일본 영화와 소설의 단골 주제가 되었다. 메이지의 탈옥왕 니시카

와 도라키치西川寅吉와 쇼와의 탈옥왕 시라토리 요시에白鳥由榮가 그 주인공들이

다. 시라토리 요시에는 천재 탈옥수로 불린다. 이십육 년의 복역 중 4회의 탈옥,

삼 년간의 도피. 된장국에 포함된 염분을 모아 쇠를 부식시켜 탈옥한 후 하루

120킬로미터를 달린 '괴력의 소유자' '유연한 관절' 같은 그의 이야기들은 하

나같이 믿기 힘들지만 전부 사실이라고 한다. 하지만 그도 형기의 대부분을 그 혹한의 땅에서 고통 속에 견뎌야 했다. 아바시리 역 앞에 안내판에는 '다시는 이곳에 오지 않으리' 라고 쓴 죄수들의 글이 있다. 아바시리 형무소는 여전히 운영 중이다. 이해할 수 없는 건 실제 형무소 옆으로 박물관이 개방돼 일반인들도 형무소를 볼 수 있다는 것이다.

아바시리는 대자연의 다양함을 체험할 수 있는 센모혼센釧網本線의 출발역이자 종착역이다. 아바시리 역, 겨울에 이곳에 내리면 찬바람이 얼굴을 핥고 지나간다. 역 앞에 걸린 연어들이 홋카이도 최고의 먹거리임을 증명한다. 버스를 타고 삼십 분, 아바시리 항으로 간다. 작은 항구에 사람들이 가득하다. 유빙 관광 쇄빙선 오로라를 타기 위한 사람들이다. 중년의 남녀 단체 관광객들이 인형

눈사람을 안고 오로라를 배경으로 기념사진을 찍는다. 바다는 온통 얼음이다. 그 위로 쇄빙선이 천천히 들어온다. 배를 타고 한 시간 정도 나가면 나오는 완전히 언 바다를 깨고 달리는 쇄빙선은 유연하고 견고한 뱃머리를 하고 있다.

배가 출출하다. 아바시리를 유명하게 만든 하얀 카레를 먹기 위해 다시 역으로 돌아갔다. 유빙의 땅에 어울리는 먹거리다. 아바시리 역, 아바시리에서 겨울에만 운행하는 오호츠크 유빙 노롯코 ノロッコ 호가 사람들을 기다린다. 탱크처럼 견고한 디젤기관차 뒤로 난로가 놓인 객차와 매점 등이 이어져 있다. 난로가 있는 객차 안은 그야말로 난장이다. 대만과 일본의 단체 관광객들이 난로에 오징어를 굽고 사케를 마시고 생맥주를 마시며 웃고 떠들고 즐거워한다. 처음 보는 나에게도 오징어와 술을 권한다. 농약통처럼 생긴 생맥주통을 멘 생맥주 판매인이 내리자 기차는 기다렸다는 듯이 아바시리 역을 빠져나간다.

오호츠크 해는 유빙의 바다다. 하얀 얼음들이 둥둥 떠내려와 해안에 쌓인다. 기차는 이 하얀 바다를 끼고 달린다. 그러면 기타하마 北濱 역이 나온다. 일본에서 가장 바다와 가까운 이 역은 정동진처럼 사람들에게 추억 만들기를 선물한다. 그토록 많은 중국인들이 기차에 넘쳐나는 이유도 이 역을 배경으로 한 중국 영화 때문이다. 역은 정동진역처럼 직선적이다. 역과 바다가 한 몸처럼 엮여 있다. 역 구내의 커피점 '정차장'은 역을 닮아 바다와 가장 가까운 커피숍이다. 오호츠크의 찬바람을 녹여주는 데 커피만 한 것은 없다. 노롯코 호의 소란이 조금 힘들었고 기타하마의 외로움이 조금 좋아졌다.

몇 분간 정차한 기차를 그냥 보내기로 했다. 역 앞의 전망대에 오르니 하얀

北浜駅
KITAHAMA STATION
郵便
POST

유빙의 오호츠크 바다가 길게 이어진 눈 덮인 해안선을 따라 펼쳐져 있다. 유빙 노롯코 호가 눈을 가르며 달려가고 있다. 하얀 고요, 기찻길, 역무원이 없는 간이역, 그리고 두세 명의 외로운 여행자들, 검고 낡고 작은 목조 역사를 위로하듯 역 앞의 4색 간이의자가 방금 떠난 여인의 얼굴처럼 발그레하고 푸르다.

역 구내는 사연의 벽이다. 명함과 포스트잇과 메모지에 사람들의 사연이 헌책방처럼 가득하다. 사람이 우주이니 사람마다 우주만 한 사연이 있다. 역 앞 붉은 우체통, 그러니까 바다와 가장 가까운 철제 우체통에는 또 어떤 사연이 담겨 세상을 떠돌아 소식을 전할까? 역에 남겨진 사람들이 다음 기차를 기다리며 서로를 신기해하고 궁금해한다.

대낮에도 전조등을 밝힌 디젤기차가 눈 위에 난 철길 자국을 따라 미끄러져 들어온다. 멀리서 보니 바다와 땅은 기차가 아니면 구분되지 않는다. 유빙은 이 바다에서 생겨난 걸까. 나중에 보니 유빙은 오호츠크의 것이 아니다. 오호츠크보다 더 북쪽의 땅 러시아의 아무르 강이 흘러 바다와 만나는 그곳에서 유빙이 시작된 것이다. 민물은 0도에서 얼고 바닷물은 영하 1.8도에서 얼음이 된다. 그러나 바다는 순환한다. 윗물이 차가워지면 아래의 더운물과 자리를 바꾼다. 그래서 바다는 위와 아래가 같은 온도, 그러니까 영하 1.8도 이하가 되어야 언다. 그러나 평균 수심 800미터의 깊은 오호츠크 바다를 온전히 얼릴 추위는 지구상에 존재하지 않는다. 아무르에만 유빙이 생겨나는 이유는 민물에 있다. 민물이 바닷물 위에서 15미터의 막을 형성하면 차가워진 물은 15미터 밑으로 더 내려가지 않는다. 그러니까 수심 15미터만 얼면 바다가 어는 것이다. 그 유빙이 아무르 강의 거대한 물살에 밀려 오호츠크의 조류에 밀려 이곳까지 내려오는 것이다. 자연은 언제나 정직하고 논리적이다.

노롯코 열차의 종착역 시레토코샤리知床斜里 역. 바다에서 불어오는 바람이 맑은 하늘 때문에 더 차가워져 사람들을 힘겹게 한다. 세계자연문화유산 시레토코知床의 대자연으로 가는 출발역이다. 역 주변의 버스정류장에는 겨울에도 그곳으로 가는 '생활자'들과 '여행자'들이 대합실에 모여 자신들의 시간을 나누며 기다리고 있다. 이곳에서 오랫동안 살아온 아이누족은 갈대가 사는 습지 혹은 넓고 넓은 들녘이란 뜻인 '샤리'란 이름을 지었다. 시레토코의 다섯 개 호수가 온통 습지로 되어 있는 원시의 땅은 그 이름을 닮았다. 그 원시의 땅을 대부분 잃어버리고 나서야 그 땅을 세계자연문화유산으로 다시 보호하는 세상이 되었다.

시레토코샤리에서 센모혼센은 90도로 꺾인다. 바다를 향한 길에서 긴 내륙의 습지를 달리는 여정이 시작되는 것이다.

시레토코샤리에서 겨울 증기기관차가 운행되는 시베차_{標茶}까지는 일반 기차가 운행된다. 디젤기관차 기하キハ는 투박하고 단단하고 추위에 강하다. 그 기차는 황량한 들판을 가로지른다. 겨울 기차는 거칠게 없다. 긴 직선의 구간이다. 어린아이가 디지털카메라를 통해 그 긴 철길을 보고 사진을 찍고 다시 본다. 기차가 시베차에 멈췄다. 겨울에만 운행하는 'SL 겨울의 습원' 후유노시쓰겐고, 冬の濕原의 출발역답게 역은 활기가 넘친다. 사람들과 증기기관차. 기관사 모습으로 기념사진을 찍을 수 있는 곳에 아이들이 서로 얼굴을 내민다.

출발까지 한 시간이 남아 역 앞을 어슬렁거리다 제법 '포스'가 느껴지는 식당 안으로 들어가니 손님들도 많다. 메밀국수에 닭고기와 계란을 얹은 따스한 소바 한 그릇, 맛이 기억에 착착 달라붙는다.

어떤 바람도 멈추게 할 수 없을 것 같은 강인한 검은색 증기기관차와 객차, 1930년대 복장을 한 기관사들과 석탄난로, 그 속에서 빨갛게 뱀처럼 날름거리는 불길들이 거세다. '마초'적인 것들의 집합이 오래되고 육중한 기차를 움직이고 있다. 검은 연기가 기차 굴뚝으로 오른다. 1930년대부터 운행된 C11 171 증기기관차가 끄는 '겨울의 습원' 호는 여섯 량의 객차를 달고 달린다. 객차 1호석, 가장 오래되고 낡은 객차는 불편한 만큼 호쾌하다. 오래된 유리창과 낡은 나무벽과 쿠션 자리만 남은 의자 그리고 그 공간을 세트장처럼 만드는 기묘한 백열등의 노란빛, 그리고 음향효과를 입힌 것처럼 들리는, 심장이 터질 듯한 거대한 증기 터빈 소리와 간간이 울려대는 기적 소리, 날것들의 모습과 소리가 가득하다. 창밖으로 길고 넓은 습원이 말라버린 풀들 위로 눈을 이고 굳게 얼어 있다.

가야누마茅沼 역. 기차가 멈춘 역 주변의 눈 위에 학들이 있다. 이 간이 무인 역은 학 때문에 유명해졌다. 우아하고 곧은 자세와 하얀 외관이 눈과 오랜 친구처럼 편안하고 친근하다. 안내인이 확대한 일본 돈 천 엔을 내보이며 돈의 실제 모델이 바로 이곳의 학이라는 설명을 곁들인다. 이 지역에는 산파쿠三白라는 말이 있다. '세 가지 하얀 것'이라는 뜻인데 겨울철 오호츠크 해의 하얀 유빙과 가야누마 역의 춤추는 학, 오호츠크 호수의 백조를 말한다. 겨울에만 볼 수 있고 센모혼센에서만 볼 수 있는 것들이다. 학들의 우아한 몸짓이 멀어지면서 습지는 더욱 깊어진다. '삑 삑' 하는 신호음이 잦아진다. 사람이 없는 이곳에서 경적은 철길의 야생동물들을 위한 것이다. 노루들이 놀라 습지로 뛰어 달린다.

구시로釧路 역. 구시로 습원을 둘러보는 거점역이다. 겨울에는 눈이 가득한

거대한 습지이지만 여름에는 본모습을 드러내는 일본 최대의 습원이다. 만 년 전 빙하였던 땅이 날이 따뜻해지면서 습지로 바뀌었다. 거대한 습지를 지날 때마다 홋카이도가 가진 원시적 생명력이 피부 속으로 스며든다. 기차도 이곳에서는 원초적이다. 물의 도시 구시로에 기차가 멈췄다. 이곳에서는 홋카이도의 동쪽 끝과 후라노富良野, 아사히카와로 가는 기차 네무로혼센根室本線과 갈린다. 너무 넓어서 그 끝을 보기가 힘든 땅이다. 물의 도시를 떠날 무렵 하늘이 빛을 잃었다. 나는 후라노를 향해 다시 기차에 올랐다. 긴 여행은 쉽게 끝나지 않는다.

후.라.노

후라노富良野는 꽃의 땅이다. 이 도시를 겨울에 찾는 관광객은 거의 없다. 늦봄에서 여름까지 후라노는 주체할 수 없는 꽃들의 향연이 매일 밤낮으로 계속된다. 보라색 라벤더와 노란색 해바라기의 향과 색이 언덕의 땅을 완벽한 원색으로 물들이면 꽃만큼 많은 사람들이 모여든다. 그 꽃들 중간 중간에 나무들이 외로이 혹은 사색적으로 풍경들을 완성한다. 일직선의 대지는 도저히 품을 수 없는 낮고 작은 언덕들은 어머니의 젖가슴처럼 풍요롭고 편안하다. 자전거를 타고 이 작은 길을 달리면 나지막한 언덕들과 꽃들과 나무들과 그 모든 것을 비추는 파란 하늘과 솜사탕 같은 뭉게구름 그리고 산들거리는 바람이 바퀴를 타고 얼굴로 가슴으로 심장으로 파고든다. 몸은 이내 향그러운 꽃처럼, 르누아르의 그림처럼 달콤해진다.

　　그곳 후라노, 꽃향기가 감도는 그곳을 향해 2월 중순 겨울의 절정에 나는 새벽 첫차를 타고 후라노로 향했다. 후라노 꽃의 절정은 비에이 美瑛에서 만개한다. 비에이 역에 아침 첫차가 멈췄다. 기차의 노란 불빛이 하늘을 가르자 어둠 속 눈이 노란빛 속으로 들어왔다가 이내 철길에 내린다. 기차가 눈과 어둠 속에서 신음 같은 엔진소리를 내며 떨고 있다. 학생들과 직장인들 몇이 기차 안으로 눈을 떨며 들어온다. 기차가 다시 움직이고 그리고 후라노 역에 기차가 멈췄다. 사람들 대부분이 이곳에서 내린다. 하늘이 밝아오고 있었다. 기차에서 내리는 순간 나는 환영 같은 새벽 대기 속에 들어와버렸다. 동터오는 대지의 색이 라벤더와 완전히 같은 보라색이다. 완전한 보라색의 여명이 기차 주위와 역 주위를 감싸고 있다. 한동안 난 그곳에 서서 여름 라벤더 꽃밭과 향기를 기억해냈다. 고운 빛이 사람들을 물들이고 하얀 디젤차를 물들었다.

　　후라노 역 앞, 눈이 길을 막는다. 봄 여름의 자전거도 정기 관광버스도 임시 기차도 눈 때문에 운행되지 않는다. 택시를 타고 돌아봐야 한다. 만 엔을 택시비로 지불할 수도 없고 그렇다고 후라노에서 역만 보고 갈 수도 없는 막막한 순간, 아이들이 보였다.

　　"아이들은 어떻게 학교에 오나요?"

　　"그야 버스 타고 오지요."

　　"무슨 버스요?"

　　"아이들 등하교 시간에만 두세 번 운행되는 버스인데……."

　　봄과 여름이면 꽃이 가득한 그 언덕에도 아이들이 살고 있다.

"그 아이들을 실어나르는 버스가 조금 있으면 운행합니다."

아이들의 일상이 나를 구한 것이다. 버스가 시내를 거쳐 작은 언덕들을 올랐다. 자전거가 다녔을 도로는 눈 때문에 보이지 않는다. 후라노와 비에이 사이의 가장 아름다운 길, '패치워크의 길'이다. 꽃을 품었던 언덕들이 눈으로 가득하다. 꽃처럼 순결한 눈이다. 고운 땅의 흐름을 닮아 눈도 순하고 곱다. 길을 내느라 눈에 상처를 낸다. 길 옆에 쌓은 눈만이 인공적인 눈의 물결을 만들어낸다. 언덕에 언덕, 그 위로 봄 여름 내내 꽃들 속에 외로웠던 나무들이 그 겨울을 지켜내고 있다. 일곱 그루의 나무로 이루어진 '세븐스타의 숲', 겨우 수십 그루의 포플러 나무 군락이 모여 있는 '마일드세븐의 언덕', 두 그루 나무가 눈밭의 파수꾼처럼 외롭고 정겹게 서 있는 '켄과 메리의 나무'까지 그 모든 경치 사이로 작은 집들이 겨울을 나고 있다.

그리고 아이들이 있었다. 아이들이 늘어날 때마다 나는 가슴속에 카메라 속에 언덕 하나와 나무 하나를 새겼다. 처음에는 조금 무심했던 기사가 아이들에게 양해를 구하고 멋진 구간에서는 차를 세워주었다. 눈길 사이로 난 눈의 언덕과 그 겨울 언덕을 명상적으로 완성시킨 나무들. 내가 본 최고의 겨울 풍경이었다. 시내로 들어서자 아이들이 학교를 향해 총총거리며 사라진다. 기차역으로 가는 다리 위 라벤더를 닮은 보라색 디젤기차 두 량이 눈을 가르며 달린다. 브런치를 먹고 이 꽃의 마을을 떠나기로 했다.

역 앞에 있는 정보를 보니 후라노는 카레국수와 스시가 유명하다. 하루짱春ちゃん스시, 비싸지도 싸지도 않은 스시집이 내가 겨울 후라노에서 만든 마지막

추억이었다. 와규和牛, 일본의 고급 쇠고기스시. 처음 듣는 음식에는 나는 저항할
자제력이 별로 없다. 눈처럼 하얀 밥 위로 붉은 살에 백설처럼 내린 마블링이 곱
다. 밥알 사이로 바람이 지나간다. 그 위로 고소하고 부드러운 와규가 고맙다.
가격이나 양을 흥정하려 했지만 부드럽게 웃으며 거절한 주인의 자존심이 배어
나오는 꽤 좋은 실력이다.

연어 스시, 홋카이도에서 연어 스시를 먹지 않으면 제대로 된 스시를 먹지
않은 것과 같다. 가장 저렴한 재료이면서 가장 맛있는 재료가 홋카이도 연어다.
두툼한 살과 적당한 식감. 입안에서 녹아내리는 생선살과 기름기. 연어 스시의
맛을 나는 이곳에서 깨달았다. 이후 수십 번 시도했지만 후라노에서 먹었던 그
겨울의 맛은 경험하지 못했다. 겨울 후라노, 나는 그 겨울 후라노를 각별하게
사랑한다. 눈에서 꽃향기 나는 외로운 언덕들, 나무들, 그리고 간간이 살아나는
그 부드러운 감촉의 스시들. 내 기억이 정확한지는 모르지만 나는 그렇게 기억
한다. 그리고 그 고운 보라색 여명.

야경과.전차의.미항
하.코.다.테

다른 지역에서 홋카이도로 가려는 모든 것들은 하코다테函館를 거쳐야 한다. 오랫동안 하코다테 항이 그 역할을 해왔고 이제는 기차역이 그 역할을 한다. 삿포로에서 하코다테로 가는 길은 쉽지 않고 가깝지 않다. 학의 긴 목처럼 아모오리를 향해 난 좁고 휘어진 땅을 달려가야 하기 때문이다. 삿포로에서 한 번에 가는 것은 특급열차만이 가능하다. 가끔 삿포로 발 도쿄 행 침대열차도 같은 노선을 달린다.

특급 호쿠토北斗 호, 기차 안 뉴스 전광판에 2010년 홋카이도의 눈축제에 사상 최대 인파가 몰렸다는 문자뉴스가 흐른다. 창밖으로 여전히 눈이 내린다. 특급의 속도 때문에 기차 주변의 눈이 휘날리자 모든 것이 안개처럼 모호하다. 하코다테혼센函館本線과 무로란혼센室蘭本線의 분기점 오샤만베長萬部에 들어서자 거짓말처럼 하늘이 맑다. 야쿠모八雲 역을 지나니 우측으로 바다가 바싹 다가와 있다. 파란 바다, 파란 하늘, 흰 구름, 거의 열흘 만에 처음 보는 갠 하늘에 마음속까지 파란 물이 들었다. 기차는 땅과 바다의 경계를 달린다. 기차에서 바다 방향으로는 멀리까지 바다만 보인다. 오누마大沼 호수를 지나면 기차는 갑자기 숲과 늪의 공간으로 들어선다. 바다를 지나 숲을 지나 늪을 건너야 하코다테는 모습을 드러낼 정도로 깊은 곳에 있고 삿포로는 그 너머에 있는 더 크고 깊은 땅이다.

여행자에게 도시는 그때의 인상으로 남는다. 하코다테는 나에게 경쾌하고 발랄한 인상으로 남았다. 오랜만에 보는 햇빛과 오래된 서양식 건물들과 빛바랜 노면전차, 그리고 밝은 하늘과 대비되는 서늘한 기운. 따사로운 햇빛이 비추다

寿柳町
谷地頭
723
2
サンクス号
ワンマン

가 작은 바람이라도 불면 이내 얼굴에 한기가 감돈다. 반신욕하는 기분 같기도 하고 냉탕과 온탕을 오가는 기분이기도 하다.

하코다테는 홋카이도의 관문이다. 오랫동안 아이누의 땅이었던 이곳은 개항과 전쟁을 거치면서 일본 역사의 일부가 되었고 일본의 땅이 되었다. 이곳은 샌프란시스코를 연상시키는 도시다. 작은 언덕들을 노면전차가 달리고 바다가 면해 있는 아름다운 항구도시, 이곳은 몇 번을 와도 질리지 않는다.

하코다테 역 앞의 아침시장은 일본에서도 손꼽는 수산시장이다. 연어알과 성게알을 얹은 밥이 이곳 최고의 음식으로 꼽히지만 외국인인 먹기에는 다소 부담이 된다. 개항 당시 지은 세관창고는 이제 일본 곳곳에서 가장 유명한 관광지가 되었다. 요코하마橫濱, 오타루가 모두 세관창고를 이용한 쇼핑몰로 커다란 성공을 거두었다. 겨울밤이면 아카렌카 창고는 눈과 바다와 등들로 반딧불처럼 고요하게 빛난다. 멀리 하코다테 산에서 내려다보는 하코다테의 야경은 이곳을 중심으로 불꽃처럼 타오른다. 세계 3대 미항이라는 일본인들의 문구가 허명만은 아닌 것이다.

그 항구에서 걸어서 오 분, 길은 급하게 산을 향해 나 있다. 모토마치元町 거리는 하코다테에서 가장 아름다운 언덕이 있는 곳이다. 하리스토 정교회와 영국 성공회 성당과 오래된 19세기 서양식 건물들이 바다를 내려다보며 건재하다. 이곳에서 보면 멀리 바다와 산과 도시와 노면전차가 한눈에 들어온다. 두 번의 겨울을 이곳에서 맞았지만 두 번의 겨울 하늘은 두 번 다 거짓말처럼 파랬다. 까마귀 한 마리가 겨울 경치를 완성한다. 2월 달력 속의 풍경 같은 모습들이 오랫동안 정지해 있다. 사람들과 이곳을 방문했을 때는 보이지 않던 풍경들이 보인다.

　　노면전차를 타고 유노카와湯の川 온천으로 간다. 전차에서 내려 도보로 오분, 거대한 호텔 풍의 다쿠보쿠테이啄木亭 온천장이다. 방에서 하코다테 끝자락이 한눈에 들어온다. 눈과 바다가 생생하다. 맑은 하늘은 청명한 노을을 만든다. 바다와 도시가 별처럼 빛난다. 이 온천장은 전망이 정말 좋다. 저녁을 먹고 온천장 옥상의 노천온천에 몸을 담갔다. 11층 옥상의 노천온천. 도심에 있는 온천장의 특징이다. 몸을 반쯤 온천에 담그니 자연스레 눈이 하늘을 향한다. 검은 하늘에 별이 총총하다. 온천물이 차가운 공기와 만나 증기가 되어 검은 하늘을 은하수처럼 물들이다 사라진다. 간간이 바람이 얼굴을 타고 몸을 따라 온천물 속으로 들어오려다 실패한다. 따스하고 시원하다. 일본 온천의 정점에 ‘로텐부로’가 있다. 몸은 말 그대로 ‘냉정과 열정 사이’를 오간다.

두 개의 칼데라
도.야.코.와.시.코.쓰.코

불이 끓고 땅이 터져 거대한 구멍이 생기고 비가 오고 눈이 내리고 그렇게 오랜 시간이 지나면 그 구멍은 어느덧 호수가 된다. 맑고 투명하고 유리처럼 잔잔한 화산호수 칼데라는 격렬한 탄생을 기억하지 못한다.

단체여행을 온 후 우연히 시간이 남아 여자후배 H와 그 격렬하고 고요한 칼데라 호수를 보러 가기로 했다. 원시의 땅 홋카이도는 곳곳에 칼데라 호수가 오래전 땅의 분출을 어루만져주고 있다. 홋카이도의 입구 쪽에 위치한 호수 도야코洞爺湖는 도야洞爺 역에서 시작된다. 눈이 깊이 쌓인 겨울 도야코는 생각보다 한산하다. 버스를 탔다. 눈 쌓인 길을 따라 버스가 산길을 넘는다. 낮고 격렬한 땅은 해안가에서 바로 시작된다. 기찻길은 그래서 해안가를 따라 놓여 있고, 작고 위태로운 도로들이 그 가파르고 고요한 땅으로 사람들을 안내한다. 여행은 동행자에 따라 그 성격이 달라진다. 두 사람만의 여행은 아주 짧은 시간이라도 두 사람의 이야기를 하게 만든다. 오랫동안 보아온 후배와 각자 자신이 살아온 삶과 여행 이야기를 좀 했던 기억이 가물가물 되살아난다.

도야코 버스터미널. 언덕에 위치한 버스터미널 밑으로 아파트처럼 규격화된 현대식 온천장들이 도야코를 내려다보며 줄지어 서 있다. 온천장 앞의 무료 족탕에서 증기가 피어오른다. 그제서야 차가운 바람이 칼처럼 느껴진다. 사람이 없다. 관광지도 때가 있다. 도야코는 역시 여름이 제격이다. 몇 년 전 도야코에 머문 적이 있다. 진부하지만 '거울같이 맑고 투명한' 이란 표현은 도야코 물을 위한 말이다. 하늘과 구름과 둥근 호수 중앙에 있는 작은 섬 나카지마中島, 그리고 주변에 있는 툭툭 솟아오른 화산들, 이 땅의 주인이었던 아이누 사람들은 도야코를 '산의 호수'란 의미의 '킴운토'라 불렀다. 배를 타고 나카지마로 가는 길, 작은 섬들과 맑은 물이 곱고 좋았다. 나카지마 입구에 붉은 도리이가 이곳이 신의 영역임을 나타낸다. 온천장의 모든 객실은 도야코를 마주보고 있다. 저녁 여덟 시 경 '퍽, 퍽' 소리와 함께 불꽃이 호숫가에서 하늘로 올라가 퍼졌다. 그 불빛이 그 맑은 호수에 그대로 비친다. 그날 여행 온 사람들은 호텔 창가에서 그 광경을 넋을 잃고 바라보았다. 사람이 많은 여름이었다.

그때처럼 호수는 여전히 잔잔하다. 여름의 시원함은 겨울에는 차가움으로 바뀐다. 사람도 없는 호수 주변을 조금 걸었다. 운행을 멈춘 도야코 유람선과 오리배들이 을씨년스럽다. 도야 버스터미널에서 주변 관광지로 가는 모든 버스가 겨울에 운행하지 않는다. 겨울에 이곳을 찾은 우리가 조금 이상한 사람으로 보일 지경이다.

차갑고 고운 도야코를 보고 가려다 도야코의 또 다른 상징 우스잔有珠山을 보고 싶어졌다. 여전히 화산 활동을 하는 겨울 우스잔이 궁금했다.

택시를 탔다. 3천 엔, 이십 분 정도 눈이 쌓인 산길을 달려 우스잔 앞 터미널에 내리자 먼 우스잔 앞에 증기를 뿜는 쇼와신잔昭和新山이 우리를 먼저 반긴다. 여름의 붉고 황량했던 산이 눈으로 곱게 단장했다. 여전히 땅 속의 열기를 증기로 뿜어내고 있는 쇼와신잔은 말 그대로 쇼와 시대에 만들어진 새로운 산이다. 1943년 연어와 송어 부화장이던 평지에 지진이 시작된다. 1945년 9월 20일까지 지진과 대분출이 반복되면서 땅이 솟아오르기 시작한다. 마을 한복판에서 시작된 이 사건으로 사람들은 집과 농장을 잃었지만 세계에서도 유례를 찾을

수 없는 화산을 얻었다. 우체국장의 사유지였던 탓에 그는 화산을 소유한 사람이 되었다. 그 이상한 화산은 여전히 현재형이다.

우스잔은 쇼와신잔과 바로 붙어 있다. 우스잔 로프웨이는 겨울에도 운행된다. 낮지만 깊은 숲은 눈꽃을 피우고 있다. 우스잔 로프웨이가 급한 산을 따라 위태롭게 우스잔을 오른다. 20세기에만 네 번의 폭발을 감행한 활화산은 여전히 하얀 증기를 뿜고 있다. 여름에는 숲과 파란 들판과 바위로 구분되던 산의 모습은 온통 하얀색이다. 산 정상의 바위 부근에서 증기가 뿜어져 나온다. 겨울에는 중간에 있는 휴게소까지만 출입이 가능하다. 휴게소의 전망대에 오르면 산 밑으로 쇼와신잔과 도야코와 나카지마, 그리고 산들이 넓게 펴져 있다. 장관이다. 여름에만 개방되는 반대편 길을 따라 분화구 근처까지 오르면 바다와 바다 옆 마을들이 그림처럼 펼쳐진다. 길 옆으로 작은 분화구들이 기생화산을 형성하며 땅의 속 모습을 보여준다. 수국과 숲은 거대한 폭발 중간에 자라나 다시 무성하게 주위를 감싼다. 2000년에 3500미터 상공까지 분화 구름이 올라간 마지막 분화 후 분화구 주변에 산책로가 만들어졌다.

어떻게 눈을 헤치고 왔는지는 몰라도 사람들이 제법 있다. 홋카이도에 여러 번 와본 과묵한 후배도 "정말 장관이네요"라며 즐거워한다. 이곳은 산 정상도 땅도 모두 거대한 마그마 위에 떠 있다. 케이블카를 타고 터미널로 내려오니 돌아갈 길이 막막하다. 도야코와 달리 이곳에는 택시도 없다. 작은 휴게소에 들어가 택시 번호를 받고 커피를 마셨다. 옆 테이블에 대만인 젊은 부부도 돌아가는 교통편을 궁금해한다.

"부부이신가요?"

"네, 신혼부부예요, 그쪽은요?"

"우리는 친구예요. 근데 도야코로 가세요?"

"네."

"그러면 우리 택시 불러 반반씩 낼까요? 흥정은 내가 할 테니까 택시에서 대만 말 쓰지 말아주세요. 우린 한국인이거든요."

작은 담합으로 1500엔이 절약되었다. 처음 만난 사람들도 공통의 이익에는 금방 의기가 투합된다. 다음날 아침을 먹고 H의 친구의 차로 우리는 도야코와 그리 멀지 않은 곳에 있는 또 다른 칼데라인 시코쓰코支笏湖 호수로 갔다. 하룻만에 날이 바뀌었다. 검고 낮은 구름이 짙고 길게 깔린 날이었다. 국도 453호변을 따라 달리자 거대한 호수가 모습을 드러낸다. 어두운 하늘 밑 어두운 호수 위에는 어디선가 구름을 뚫고 나오는 빛을 받은 검고 하얀 물비늘이 번들거린다. 산과 구름과 호수가 다 검고 다 희다. 국도변에 차를 세우고 우린 기념사진을 찍었다. 일본에서 가장 북쪽에 있는 얼지 않는 호수이자 깊은 호수. 맑은 날 투명한 속살을 드러내는 것으로도 유명하다. 수심 363미터로 다자와코에 이어 일본에서 두번째로 깊은 호수다. 주변을 둘러싼 산들이 특별한 풍경을 구성한다.

그리고 이 호수가 유명해진 데 일조한 시코쓰코 온천이 있다. 호수와 바로 맞닿은 곳에 위치한 온천은 특히 호수와 온천물이 공존하는 노천온천으로 사람들을 유혹한다. 마루코마丸駒 온천. 차로 치토세千歳 공항과 삿포로를 지나는 사람들은 이곳에서 온천을 하고 떠나거나 돌아온다. 우리도 그 온천에 몸을 담갔

다. 호수에 돌을 둘러쌓은 천연 온천은 생각보다 불편하다. 호수의 민물이 바위에 작은 이끼를 남기기 때문이다. 그러나 그것만 제외하면 호수를 바라보며 호수 속에서 온천하는 기분은 유쾌 상쾌 통쾌하다. 그 옆 바닥을 나무로 정리한 노천 온천은 평온하다. 몸을 담그고 얼굴만 내밀어 그 검은 호수와 검은 산을 보면 생각이 따스한 물에 녹듯이 사라진다. 그냥 편안한 기분이 몸에서 생각으로 번진다. 온몸에 각인된 겨울 홋카이도의 바람과 눈과 거대한 대지와 동물들과 음식들과 사람들이 따스한 온천물 속으로 스며들어 형체도 기억도 없이 녹아내린다.

삿포로 1

삿포로札幌는 소녀시대의 노래처럼 '반짝반짝 눈이 부셔' 빛나는 도시다. 제시카처럼 서구적이고 태연처럼 단정하고 서현처럼 순수하고 써니처럼 재미있다. 눈의 도시이자 라멘의 도시고 맥주의 도시이자 노면전차의 도시다. 볼거리 먹거리가 반듯하게 교차하는 길 사이에 꽃망울처럼 봉긋하게 솟아 있는 도시다. 삿포로의 현관, 삿포로 역 남쪽은 삿포로의 중심지 오도리大通 공원과 밤의 거리 스스키노すすきの 거리가 있다. 북쪽에는 홋카이도대학이 넓고 평평한 땅에 길게 펼쳐져 있다.

하얀 눈을 뿌리는 하늘은 깊은 회색이다. '영원한 겨울'을 만들 것 같은 눈이 천천히 꾸준히 내리는 날 오후, 삿포로 눈축제의 마지막날, 네번째로 삿포로를 찾아왔다. 오후 한 시, 배가 고프다. 아오모리에서 바다를 뚫고 하코다테와 오타루를 거쳐 온 먼 길, 비즈니스호텔에 여장을 풀고 늦은 점심을 먹었다. 역 앞에 있는 수프카레 전문점, 점심시간이 끝나는 시간인데도 젊은이들이 가득하다. 식당이라기보다는 카페 같은 분위기다. 젊은 사람들에게 잘 어울리는 분위기에 젊은 사람들이 좋아하는 수프카레가 나왔다. 카레로 만든 국물에 닭고기와 커다란 야채들이 풍덩풍덩 담겨 있다. 그 옆으로 밥, 매콤하고 달달한

카레 국물과 고기와 야채의 믹스앤매치가 좋다. 매운 것과 고기가 추위와 배고 픔에 움츠렸던 몸과 마음을 풀어준다.

　눈이 내리는 길은 눈축제를 보기에는 지나치게 밝고 이른 시간이다. 홋카이도대학을 거닐기로 했다. 그 작은 동산 하나 없는 공장 같은 넓은 겨울 캠퍼스가 좋다. 눈을 따라 발가벗은 포플러나무와 오래된 건물들은 산책을 하거나 시간을 죽이는 데는 제격이기 때문이다. 모든 공간은 그저 하얗다. 낮은 지대가 길이다. "소년이여, 야망을 가져라"라고 외친 클라크Clark라는 미국인이 홋카이도대학의 설립자이다. 그의 말과 그의 동상이 대학 곳곳에 나무처럼 꼿꼿하게 남아 있다. 사 년 전에 눈 덮인 캠퍼스에서 커다란 사케병 하나를 보았다. 눈에 거의 잠긴 사케병이 말을 거는 것 같았다. 술을 마시고 밤을 보냈을 젊은 학생들의 야망이 궁금해졌다. 그런데 이번에는 온전한 장갑 한 켤레를 눈에서 보았다.

고동색의 장갑, 누군가의 손에 끼워져 있어야 할 장갑이 눈 위에 살포시 놓여 있다. 궁금했지만 상상력이 살아나지를 않는다. 걷고 또 걷다가 캠퍼스를 나왔다. 하늘이 어두워질 무렵이었다.

역을 지나 오도리 공원으로 가는 길, 홋카이도에서 가장 유명한 약속장소인 시계탑이 나온다. 나무로 만든 작은 목조건물은 홋카이도의 새로운 문명을 상징한다. 시계탑 앞으로 사람들이 빼곡하다. 전화기가 없던 시절, 청춘의 시절, 청량리 시계탑이나 서울역 시계탑에서 사람들을 기다렸던 기억이 아련하다. 시곗바늘이 천천히 원을 그리며 움직인다. 그 길 사이로 노면전차가 달린다. 장난감 같이 작고 느린 노면전차는 오도리 역에서 출발해 바로 옆의 스스키노 역까지 운행되지만 삿포로 시내를 크게 돌아가기 때문에 오도리 역과 스스키노 역은 가깝고도 멀다. 그 길가에 눈, 그리고 그 눈 위로 크리스마스트리에 얹는 작은 전구들이 반짝반짝 빛난다. 보라색 전구와 하얀 눈의 만남이 견우와 직녀의 만남처럼 애틋하다. 검고 깊은 밤이 되자 하늘은 순수하다. 모든 ‘표상’들이 사라진 하늘, 하얀 하늘에서 보내오는 사연들이 눈이 되어 가로등 불빛 아래서만 나타났다 땅으로 내린다. 삿포로를 넓고 그리고 그보다 훨씬 길게 나눈 오도리 공원이 사람들의 꿈을 흡수한다. 눈조각들이 빛을 받아 반짝인다.

삿포로는 눈축제의 도시다. 2월 눈이 절정인 시기에 삿포로에는 세계에서 가장 유명한 눈축제가 열린다. 삿포로 역에서 오도리 역을 거쳐 눈축제장이 있는 오도리 공원으로 가는 길. 눈축제에 맞춘 듯 함박눈이 내리고 쌓인다. 사람들과 같이 사람들에 밀려 눈축제장으로 향한다. 삿포로 눈축제의 마지막날 눈만

큰 많은 사람들 위로 거룩한 눈이 축제의 마지막을 장식하기 위해 내렸다. 바람을 동반하지 않은 눈은 거위털처럼 보드랍고 포근하다. 긴 오도리 공원에 늘어선 수많은 눈조각들보다 하늘의 눈이 더 볼 만하다. 검은 하늘에서 눈이 내린다. 살포시 머리 위로, 어깨 위로, 마주잡은 손 위로, 가벼운 발길 위로 눈이 내린다. 서양인, 중국인, 동남아인, 아랍인, 한국인, 일본인 모든 인종의 사람들에게 골고루 눈이 내리고 눈을 맞은 사람들은 모두 행복해했다. 멀리 NHK 방송탑의 시계와 붉은 전구가 눈 속의 등대 같다.

이 거대한 눈조각들이 그렇다고 온전히 오도리 공원에 내린 눈으로 만든 것은 아니다. 육십여 년 전 몇몇의 설상雪像으로 시작된 축제가 이제는 세계적인 축제가 된 데는 자위대원들의 힘이 필요했다. 주변 산과 들에서 거대한 눈덩이들을 실어와 옮기고 기초를 세우는 것은 바로 군인들의 몫이기 때문이다.

오도리 공원의 거대한 눈의 파노라마를 보는 사람들에 휩쓸려 삿포로의 중심가 스스키노 거리로 발걸음을 옮기자 얼음조각들이 가득하다. 몇 년 전부터 시작된 스스키노의 얼음 전시, 얼음에 박제된 홋카이도의 게며 연어 같은 바다 생물들이 떨고 있다. 얼음조각의 한편, 전구의 터널에 연인들이 가득하다. 처음 사랑을 시작한 듯 연인들의 얼굴에서 사랑하는 사람들만이 만들어내는 은은한 미소가 번진다. 얼음궁전에 가득한 얼음조각들이 그 미소에 녹을 듯 위태롭다. 수많은 연인들이 같은 미소로 검고 하얀 밤을 보낸다. 언제 가도 삿포로는 소녀시대를 보는 아저씨들의 미소처럼 흐뭇하다.

아무리 벗어나려 해도 삿포로에서 맛의 유혹을 견디기는 불가능하다. 생맥주와 사케와 털게와 라멘과 아이스크림과 이자카야와 그리고 하얀 초콜릿까지 삿포로는 애피타이저부터 디저트까지 완벽하게 구성된 프랑스 식 코스요리 같다. 삿포로 역, 이곳에 내린 이방인들은 삿포로가 라멘 공화국임을 알게 된다. 역에 있는 아스타빌딩에는 정말 라멘 테마파크라 할 수 있는 '라멘 공화국' 이 있다. 미소라멘의 삿포로, 쇼유라멘의 아사히카와, 시오라멘의 하코다테의 이름난 가게들이 좁고 오래된 길을 따라 늘어서 있다.

그리고 길을 나서면 라멘의 명가들이 넘쳐난다. 하나 하나가 도쿄에서 사람들이 줄을 서는 맛집들이다. 그 라멘집들로도 성이 차지 않아 유흥의 중심지 스스키노 거리에는 라멘 골목이 두 개나 있다. 신 라멘요코초, 원조 라멘요코초다.

좁은 골목에 가득한 라멘 가게들. 얼굴 만한 차슈_{라멘에 얹는 고기 건더기}의 라멘에서 얇은 라멘에 다양한 색의 국물들. 밤이건 낮이건 이곳에서 라멘이 만들어지고 팔려나간다.

　라멘요코초가 사자 무리들처럼 모여 사람들을 유혹한다면 호랑이처럼 홀로 명성을 이어가고 있는 라멘집들도 수두룩하다. 스스키노의 중심에 있는 게야키_{けやき}. 이곳의 라멘은 한 시간 이상 기다린 자에게만 그 맛의 비밀을 선사한다. 어느 겨울 후배와 스스키노 거리를 배회하다가 그 게야키라멘의 줄에 기꺼이 동참했다. 먹고 싶었지만 혼자서 한 시간을 기다릴 자신이 없던 터였다. 기다리고 기다리다 드디어 테이블 구석에 자리를 잡았다. 일본 라멘을 거의 먹어보지 못한 여행작가 후배에게 어떠냐고 묻자 "짠데요"라는 말이 번개처럼 빠르고 날카

롭게 돌아온다. 깊은 국물맛이나 면발이 밸런스가 좋았지만 외국인들에게 이 맛은 한 시간 기다려야 할 만큼 특별하지는 않다. 그러나 그건 외국인 생각일 뿐이다. 라멘에 관한 열띤 품평이 나와 후배 사이를 오가는 동안에도 사람들은 더 길게 줄을 이었다.

그리고 일 년 뒤 나는 다시 삿포로를 찾았다. 겨울은 여전히 추웠고 눈은 여전히 도시를 설국으로 만들었다. 달라진 건 나는 혼자였다. 스미레すみれ는 삿포로 미소라멘의 오랜 강자이자 여전한 패자다. 게야키가 떠오르는 별이라면 스미레는 북극성같이 견고한 별이다. 탄력 있는 면. 그 면이 잠긴 진한 된장수프 그리고 그 수프 위 돼지기름. 튀지 않는 맛, 나이 든 노련한 장인이 만든 기품 있고 정갈한 맛이 난다. 원조 혹은 최고의 명성을 얻은 집들은 이렇게 평범하면서 오

래가는 맛을 지닌다. 스미레에서 먹은 라멘이 오래 기억에 남았다. 스미레 바로 옆에 삿포로를 대표하는 사케 박물관인 치토세쓰루 千歲鶴 뮤지엄이 있다. 치토세쓰루라는 사케를 전시 판매하는 곳이자 무료로 시음을 할 수 있는 곳이다. 오후 일곱 시 겨울밤, 사람이 없다. 온전히 내 차지가 된 박물관에서 열 잔이 넘는 사케를 시음했다. 일곱 잔쯤 마셨을 때 각성의 순간이 찾아왔다. 사케의 맛이 내 인생 처음으로 개별적으로 느껴지는 순간이었다. 천 가지가 넘는 사케를 맛보고 사케에 관련된 글을 쓰고 일을 하는 동안에도 나는 그 밤의 각성을 잊을 수 없다. 춥고 검은 밤이었지만 사케와 그 각성의 흥분 때문에 행복하고 따스한 밤이었다.

홉이 제대로 들어간 일본의 맥주는 맛있다. 삿포로 맥주는 그대로 브랜드가 되었다. 삿포로 역에서 도보로 십 분, 삿포로 맥주공장이 있다. 붉은 벽돌로 된 낡은 건물을 개조한 맥주 박물관과 시음장. 양고기 징기스칸과 생맥주가 있다. 고운 거품에 쌉쌀한 맥주와 담백한 양고기, 맛있다. 그런데 정작 나를 놀라게 한 맛은 다른 곳에 있었다. 삿포로 맥주의 강력한 경쟁자 아사히 맥주가 삿포로에 맥주공장을 차린 것이다. 그곳에도 생맥주와 양고기 샤브샤브가 있다. 양고기는 겨울철이 절대적으로 맛있다. 그래서 중국인들은 겨울에 양고기 샤브샤브를 독한 고량주나 이과두주와 먹는 것을 최고로 친다. 일본인들은 다르다. 순하고 고소하고 쌉싸름한 생맥주 한잔과 순하고 깊은 맛이 나는 양고기 샤브샤브의 조합을 최고로 친다.

저녁 내내 동료들과 마신 삿포로 맥주 때문에 약간의 숙취가 남아 있던 다

음날 점심, 우리는 양고기 샤브샤브를 먹으면서 아사히 생맥주를 별 기대 없이 맛만 보기로 했다. 그 약속은 오래가지 못했다. 생맥주의 거품은 그 집의 맥주의 실력을 가늠하는 처음이자 마지막이다. 최상의 보관 상태와 따르는 기술이 완벽하게 결합하지 않으면 카푸치노 거품처럼 밀도 있고 고운 맥주 거품이 만들어지지 않기 때문이다. 그 고운 거품이 맥주의 맛과 향을 지키고, 그 고운 거품을 통해 맥주가 입안에 들어와야 맥주의 진정한 맛이 완성되기 때문이다. 생맥주를 입에 가져간 순간 보드라운 맥주 거품이 뇌를 자극하고 나서 폭포처럼 격렬하고 시원한 노란 악마 같은 액체가 혀끝에 스며야 하는 것이다. 관능적이고 본능적인 욕망의 한 단면이 생맥주에, 잘 만든 생맥주에 고스란히 담겨 있다. 아사히비루원アサヒビール園 #아사히 맥주공장이자 공장 안에 식당과 볼거리가 있는 공간의 아사히 생맥주가 그랬다.

맥주를 따르는 모습이 궁금해졌다. 열린 공간에서 생맥주를 따르는 젊은 장인 뒤로 '일본 생맥주 잘하는 집 100'이라는 인증마크가 선명하다. 맥주를 계속 흘려보내면서 거품을 만든다. 그 거품 위로 계속해서 만들어지는 거품이 눈처럼 겹쳐지고 겹쳐지면서 거품의 입자는 작아지고 밀도는 높아진다. 맥주를 좋아하는 나에게는 정말 황홀한 순간이었다. 사십 년 동안 맥주만 따라온 장인들의 이야기를 큰 기사로 다루는 나라가 일본이다. 장인들의 나라, 생맥주도 예외가 아니다. 공장에서 갓 뽑은 신선한 맥주와 최고의 기술, 낮술을 거의 마시지 않던 나는 그날 취했다. 하늘은 맑고 청명해서 낮술에 취한 내 몸이 부끄러웠다. 그러나 그 생맥주를 멈추기는 쉽지 않았다.

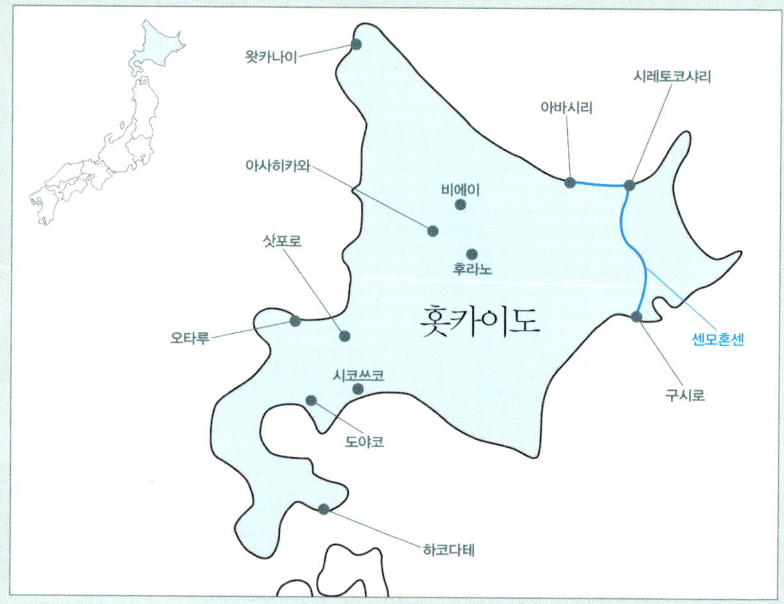

홋카이도 北海道

홋카이도는 일본의 최북단에 위치한 땅이다. 한 개의 도만으로 구성된 독특한 행정구역이기도 하다. 일본 전체면적의 22.9퍼센트를 차지할 정도로 광활한 땅이다. 원시의 대자연을 만끽할 수 있다는 매력 때문에 일본인은 물론 전세계 관광객이 많이 찾는 곳이다.

홋카이도에는 한국에서 가는 항공노선이 3개 운행 중이다. 홋카이도의 중심지 삿포로와 가장 가까운 신치토세 新千歳 공항과 하코다테 공항, 아사히카와 공항에 대한항공과 아시아나가 운항하고 있다.

도쿄 등에서 기차를 타고 홋카이도로 가는 방법도 있다. 도쿄의 우에노 역에서 출발하는 침대기차 카시오페아나 호쿠토세이 北斗星 를 이용하면 17시간을 달려 삿포로 역에 도착한다. 신칸센을 이용하는 경우에는 도호쿠신칸센을 타고 신아오모리 역에서 특급으로 갈아타면 하코다테로 갈 수 있다. 배를 이용하는 경우에는 아오모리 항에서 하코다테 항까지 가는 페리를 이용하면 된다.

아사히야마 동물원 旭山動物園

2000년 9월에 재개관한 이래 전국적으로 폭발적인 인기를 얻고 있는 동물원. "펭귄을 날게 하라"는 광고글에서 알 수 있듯이 동물들이 가능한 한 자유롭게 인간들과 만날 수 있게 한다는 원칙으로 사람들에게 인기를 얻고 있다. 길을 걷는 펭귄 등 동물들을 가까이서 볼 수 있는 아사히카와 최고의 볼거리이자 일본 최다 방문 동물원이다.

주소 北海道旭川市東旭川町倉沼
전화 0166-36-1104
개장 하절기 9:30~17:15(입장은 16:15까지)
　　동절기 10:30~15:30(입장은 15:00까지)
휴무 2011년 휴무 4월 8일~4월 28일, 11월 4일
　　~11월 17일
요금 어른 800엔, 중학생 이하 무료
위치 JR아사히카와 역에서 아사히카와 전기궤도버스旭川電気軌道バス 아사히야마도부쓰엔旭山動物園 방향 버스 타고 40분

홋카이도 전통미술공예관(눈의 미술관) 伝統美術工藝村(雪の美術館)

홋카이도의 전통 조형물을 보여주는 3개의 테마관 중 하나인 눈의 미술관은 아사히카와의 눈에 관한 모든 것을 볼 수 있는 공간이다. 지하로 내려가면서 실제 얼음기둥과 눈들을 전시하고 있다.

주소 北海道旭川市南が丘3丁目1-1
전화 눈의 미술관 0166-63-2211
요금 각 관에 따라 다른데 3관통합권은 어른
　　1200엔, 고교생 750엔, 중학생 이하 550
　　엔
개관 9:00~17:30(11월~3월은 17:00까지)
휴무 연말연시 휴무
위치 JR 아사히카와 역 부근 크레용파킹(크레용
　　주차장)에서 10:00~16:00 사이 정시마다 버
　　스 운행 (11월~4월은 2시간 간격으로 운행)

아사히카와 라멘무라 旭川ラーメン村

전국적인 명성을 얻고 있는 아사히카와 라멘의 유명 맛집들을 한곳에서 만날 수 있는 공간. 8개의 라멘 가게들이 몰려 있다. 산도카山

頭火, 아오바青葉와 요조四条 등 전국적인 명성을 얻고 있는 라멘집들이 입점해 있다. 사랑을 이뤄주는 붉은색의 라멘 신사 등도 재미를 더한다.

주소 北海道旭川市永山11条4丁目 旭川ラーメン村
전화 0166-48-2153
영업 11:00~21:00
휴무 가게마다 다름
위치 JR 나가야마永山 역에서 걸어서 8분

소야미사키宗谷岬

일본의 땅끝 왓카나이에서 진정한 끝에 위치한 땅이다. 북위 45도 31분에 위치한 일본의 최북단 곶으로 이곳의 모든 가게들이 저마다 일본 최북단이라는 간판을 걸고 있다. 근처에 있는 기념품 기계에서는 일본 최북단 방문 증

명서도 판매한다. 러시아와 가까워 러시아 인형 마트료시카나 사할린 맥주 등도 맛볼 수 있다.

주소 北海道稚内市宗谷岬
전화 0162-23-6161
위치 JR 왓카나이 역 우측 역전버스터미널에서 이곳을 오가는 왕복버스가 있다. 편도 50분 정도 소요. 8시, 13시, 16시, 17시에 한 편씩 출발. 소야미사키에서는 6시, 9시, 14시, 17시, 19시에 출발. 다른 대중교통이 없으므로 버스 시간에 주의해야 한다.

시코쓰코支笏湖

일본 최북단에 위치한 얼지 않는 호수. 담수량 2위를 자랑하는 풍부한 수량과 투명한 호수이자 일본 최고의 수질을 자랑하는 호수이기도 하다. 호수 주변으로 노천 온천장들이 들어서 있다.

주소 北海道千歳市幌美内
위치 JR 치토세센千歳線 치토세千歳 역에서 홋카이도주오버스北海道中央バス 시코쓰코한支笏湖畔 행 버스로 42분, 종점 바로 앞

도야코洞爺湖

둘레 43km로 일본에서 세번째로 큰 호수. 화산호수답게 온천과 쇼와신잔, 우스잔 등 화산 관련 관광지가 많다. 호수 중간에 작은 섬 나카지마中島가 있는데 이곳을 운행하는 관광선

이 사람들에게 인기를 얻고 있다. 호수 주변에서는 여름이면 밤마다 불꽃놀이가 열린다.

주소 北海道虻田郡洞爺湖町
위치 도야洞爺 역에서 버스로 20분

쇼와신잔 昭和新山

1943년의 화산활동으로 만들어진 화산. 베로니테카 형 화산으로 일본의 천연기념물로 지정돼 있다. 400m의 높이의 산은 황토색으로 언제나 화산연기를 내뿜고 있다. 우스잔 입구에 위치하여 우스잔과 함께 돌아볼 수 있다.

주소 北海道有珠郡壮瞥町
전화 0142-73-2662(소베쓰초관광협회壮瞥町観光協会)
위치 도야 역에서 버스로 20분, 도야코에서 차로 10분 정도

우스잔 로프웨이 有珠山ロープウェイ

쇼와신잔 앞에 있는 우스잔은 지금도 화산활동을 하고 있는 활화산이다. 산 정상까지 6분

이면 가는 로프웨이로 산에 오를 수 있다. 우스잔 전망대에서는 도야코, 쇼와신잔 일대가 한눈에 들어온다. 분화구에서 뿜어내는 수증기도 볼 수 있다. 겨울에는 전망대까지만 개방된다.

주소 北海道有珠郡壮瞥町
전화 0142-75-2401
요금 로프웨이 왕복 중학생 이상 1450엔, 초등학생 이하 730엔
개장 여름 8:15~17:30 / 겨울 9:00~16:00
휴무 비정기 휴일(문의 필요)
위치 쇼와신잔 바로 앞, 도야 역에서 버스로 20분

도야코 유람선 洞爺湖遊覽船

화산호수인 도야코를 돌아보는 최적의 수단이다. 도야코의 주변과 호수 안에 있는 나카지마를 50분에 걸쳐 왕복하는 유람선은 도야코를 방문하는 사람들이 꼭 이용하는 인기 관광코스이다. 나카지마에서 30분간 내려서 섬을 구경할 수도 있다.

요금 승선 일반 1320엔, 초등학생 660엔
영업시간 8:00~16:30, 30분 간격으로 운행(동절기 9:00~16:00 1시간 간격)
전화 0142-75-2137
휴무 1월 11일만 운휴
위치 도야코온센洞爺湖温泉 버스터미널에서 걸어서 5분

박물관 아바시리 감옥 博物館 網走監獄

홋카이도에서도 가장 추운 지역인 1890년에
세워진 감옥이다. 이후 일본의 감옥의 대명사
가 된 곳이다. 현재도 수감인원이 약간 있지만
옛날 감옥은 개조해서 박물관으로 만들었다.
감옥은 인형들로 당시의 상황을 재현해놓았
다. 야외공원도 같이 있다.

주소 北海道網走市呼人1-1
전화 0152-45-2411
입장료 어른 1050엔 고등학생 이상 730엔, 중
　　　 학생 이하 520엔
개장시간 8:00〜18:00(11월〜3월은 9:00〜17:00)
휴무 연중무휴
위치 아바시리 역에서 버스를 타고 아바시리 감
　　 옥 정거장 하차, 걸어서 1분

유빙 관광 쇄빙선 오로라 流氷観光砕氷船 おーろら

오로라는 유빙이 가득한 바다의 얼음을 깨면
서 나아가는 세계최초의 관광용 쇄빙선이다.
440명을 수용할 수 대형 유람선으로 유빙을
볼 수 있는 넓은 공간과 난방이 완비되어 편
안하고 따뜻하게 유빙 관광을 할 수 있도록
도와주는 배이다. 매일 유빙의 상태가 다르기
때문에 날씨에 따라 유빙을 못 볼 수도 있다.

주소 北海道網走市南3条東4-5-1
전화 0152-43-6000
요금 어른 3300엔, 초등학생 1650엔
운항기간 1월 20일〜 3월 31일
출항장소 아바시리 항구

위치 아바시리 역에서 아바시리 항구로 가는 버
　　 스로 10분 소요
인터넷 www.ms-aurora.com

키타하마 北浜 **역**

한국의 정동진에 해당하는 역. 일본에서 바다
와 가장 가까운 역으로 유명하다. 1924년에
개설된 오래된 역사는 현재 무인역으로 운행
되고 있지만 많은 사람들이 찾고 있다. 역사
내부에 사람들의 메모지와 명함들이 이곳의
인기를 말해준다. 역 내부에서 밥과 커피를 파
는 '정차장 停車場' 이란 공간이 이곳을 찾는 사
람들의 쉼터 역할을 하고 있다.

정차장
전화 0152-46-2410
영업 11:00〜20:00
휴무 화요일 (예고 없이 쉬는 날이 있음)
위치 기타하마 역

팟치와쿠노미치 パッチワークの路

팟치와쿠는 '패치워크' 의 일본어 발음으로 후

라노, 비에이를 대표하는 도로다. 늦봄에서 여름에 이 일대는 온통 꽃의 천국으로 유명하다. 봄에서 가을까지는 자전거를 타고 돌아보는 것이 일반적이다. 켄과 메리의 나무, 세븐스타의 숲, 마일드세븐의 언덕 등 작고 낮은 언덕과 포플러나무와 꽃밭이 길게 이어지는 곳이다. 낭만적인 풍경 때문에 일본 영화와 드라마, CF의 단골무대가 되었다.

위치 비에이 역, 후라노 역

고료카쿠 공원五稜郭公園

하코다테의 상징인 고료카쿠 공원은 1864년에 북방의 경비를 위해서 지어진 일본 최초의 서양식 별형성곽이다. 1913년 공원으로 꾸며졌으며 봄에는 벚꽃의 명소가 된다. 별 모양의 성곽과 해자 등이 인상적이다. 공원의 중심에 위치한 전망대인 고료카쿠 타워五稜郭タワ―는 하코다테 관광의 필수 코스다.

주소 北海道函館市五稜郭町44番地
전화 0138-31-5505

위치 시텐市電 고료쿠고엔마에五稜郭公園前 역에서 걸어서 15분

하코다테아사이치函館朝市

하코다테 역 바로 앞에 위치한 전국에서 가장 유명한 해산물 아침시장이다. 1956년에 현재의 위치에 만들어졌다. 400여 개의 상점에서는 하코다테의 명물 털게나 연어알덮밥 등을 맛 볼 수 있다.

주소 北海道函館市若松町9-19 (하코다테아사이치 협동조합연합회사무소)
전화 0120-858-313
개장시간 가게마다 다름
휴무 가게마다 다름
위치 하코다테 역에서 걸어서 5분

가네모리아카렌카소코金森赤レンガ倉庫

항구의 창고로 사용되던 아카렌카소코를 식당, 쇼핑몰로 개조한 공간이다. 항구와 붙어 있어 낭만적인 분위기를 연출한다. 낮에도 좋지만 야경이 아름답기로 유명하다. 가네모리 요부쓰칸金森洋物館은 대표적인 쇼핑몰로서 25개의 점포가 들어서 있다.

주소 北海道函館市末広町14番12号(가네모리 홀)
전화 0138-27-5530
개방시간 9:30~22:30(영업시간은 가게마다 다름)
휴무 12월 31일~1월 1일
위치 시텐市電 주몬지十字街 역에서 걸어서 4분

모토마치元町

하코다테 항구에서 하코다테 산으로 오르는 언덕길은 하코다테에서 가장 아름다운 곳으로 꼽힌다. 유럽의 소도시를 걷는 듯한 착각이 들 정도로 서양식 건물들이 고즈넉하게 늘어서 있다. 작고 아담한 카페, 기념품 가게들이 작은 언덕의 거리를 정겹게 한다. 그 사이사이로 오래된 서양식 건물들이 사람들의 눈길을 끈다. 언덕 중에서도 하치만사카八幡坂에서 내려다보는 하코다테의 정겨운 풍경은 많은 사진 작가들의 사진에 단골로 등장하는 명소이다. 항구와 하코다테 전차, 그리고 서양식 거리의 모습이 한눈에 들어오는 곳이다.

주소 北海道函館市元町
위치 시텐市電 주몬지 역에서 걸어서 6분

하코다테야마 로프웨이函館山 ロープウェイ

일본인들은 하코다테 산에서 내려다보는 야경을 세계 3대 야경으로 꼽는다. 하코다테 산을 가기 위해서 하코다테야마 로프웨이를 이용해야 한다. 야경을 가장 잘 볼 수 있는 일몰 시간에 이용하면 시시각각 변하는 하코다테의 야경을 즐길 수 있다.

주소 北海道函館市元町19-7
전화 0138-23-3105
요금 1160엔, 어린이 590엔
영업시간 10:00~22:00(11월1일~4월25일은
　　　　 10:00~21:00)
휴무 연중무휴

위치 시텐市電 주몬지 역에서 걸어서 10분

오타루 운하小樽運河

1923년에 건설된 오타루의 상징적인 장소로 오타루 항에 정박한 배와 창고 사이를 오가는 작은 배를 위한 운하였다. 길이 1300m, 폭 40m의 좁고 작은 운하지만 그 옆으로 산책로가 있다. 산책로에 설치된 60기의 가스등이 켜지는 저녁이 이곳의 최고의 순간이다. 운하가 시작되는 다리 위에는 오타루 인력차 구락부小樽人力車倶樂部라는 인력거가 항상 대기하고 있다.

위치 오타루 역에서 걸어서 10분

기타이치가라스산고칸北一硝子三号館

오타루를 대표하는 쇼핑 공간이다. 낭만을 배가 시킬 유리공예품을 비롯한 기념품과 레스토랑, 카페도 있다. 벽돌로 지어진 고풍스런 분위기와 167개의 석유램프가 어우러진 곳으로 연인들의 단골 데이트 장소이기도 하다. 오타루를 관광하는 사람들의 랜드마크 중 하나다.

주소 北海道小樽市堺町7-26
전화 0134-33-1993
영업 9:00~18:00
휴무 연중무휴
위치 오타루역에서 걸어서 10분

홋카이도의 유명 라멘을 먹어볼 수 있는 곳이다. 1950년대 무렵의 일본의 서민거리를 재현해놓은 테마파크에 라멘 가게들이 입점해 있다. 라멘 가게와 더불어 일본의 라멘에 관한 다양한 상품들도 판매하고 있다.

주소 北海道札幌市中央区北5条西2丁目1番地
　　 ESTA(札幌エスタ)10階
전화 011-209-5031
영업 11:00~22:00
휴무 연중무휴
위치 JR 삿포로 역에서 도보 5분

JR타워

JR 홋카이도가 운영하는 삿포로 역에 붙어 있는 대규모 복합 건물이다. 쇼핑몰, 위락시설, 영화관, 호텔 등이 들어 있다. 삿포로의 유행 발신 기지인 삿포로 스텔라 플레이스 札幌ステラプレイス와 아사히카와 서점, 쇼핑몰 아피아 アピア, 삿포로 라멘 공화국 등이 빼곡하게 들어선 삿포로 쇼핑의 1번지이다.

주소 北海道札幌市中央区北5条西2丁目1番地
위치 JR 삿포로 역과 직결
영업 및 휴무 점포마다 다름

삿포로 라멘 공화국 札幌らーめん共和国

삿포로뿐만 아니라 아시히카와 하코다테 등

오도리 공원 大通公園

오도리 공원은 삿포로 시내를 관통하는 도심 속 공원으로 동서 약 1.5km로 길게 도로를 따라 위치한 것이 특징이다. 관광객과 현지인에게 가장 사랑받는 공간이자 각종 볼거리, 즐길거리가 넘쳐나는 곳이다. 2월에 열리는 삿포로 눈축제의 주무대이기도 하다. NHK방송국 탑 전망대도 있어 삿포로 시내를 한눈에 둘러볼 수 있는 곳이기도 하다.

주소 北海道札幌市中央区大通西 1 ～12丁目
위치 JR 삿포로 역에서 걸어서 7분

삿포로 시 도케이다이札幌市時計台

도케이다이, 즉 시계탑은 삿포로의 만남의 장
소이다. 도케이다이는 1881년에 작은 목조건
물로 지어진, 일본에서 가장 오래된 진자시계
탑으로 알려져 있다. 현재에도 정확하게 시간
이 맞는다. 한 시간마다 종을 울려 시간을 알
린다.

주소 北海道札幌市中央区北 1 条西 2 丁目
전화 011-231-0839
개장 8:45～17:10(최종입장 17:00)
휴무 네번째 월요일(휴일인 경우 화요일), 연말
　　연시(12월 29일～1월 3일)

입관료 어른 200엔, 중학생 이하 무료
위치 지하철 오도리大通 역에서 걸어서 5분

스스키노すすきの **거리**

상가만 4500개가 몰려 있는 삿포로 최대의
유흥, 소비 지역이다. 이자카야, 라멘 전문점에
서 가라오케, 선물 가게 등이 불야성을 이루는
곳이다. 최근에는 얼음축제가 삿포로 눈축제
기간에 열려 사람들이 더욱 많아진 곳이다. 오
도리공원과 붙어 있어 걸어서 이동할 수 있다.

주소 北海道札幌市中央区
위치 스스키노 역 주변

홋카이도대학北海道大学

홋카이도대학은 1876년에 세워진 유서 깊은
대학으로 고색 창연한 건물들이 많은 평탄하
고 넓은 캠퍼스로 유명한 곳이다. "소년이여,
야망을 가져라"란 말로 유명한 클라크 박사가
세운 곳으로 포플러 등 아름다운 나무들이 많
은 곳이기도 하다.

주소 北海道札幌市北区北8条西5丁目
위치 삿포로 역에서 걸어서 5분

삿포로 맥주 박물관 サッポロビール博物館

일본에서 가장 오래된 맥주 제조공장이 있던
삿포로 공장을 개조한 맥주 박물관. 붉은 벽돌
로 이루어진 건물은 맥주의 제조공정에서 초

창기에서 지금에 이르는 포스터까지 맥주에 관한 다양한 자료들을 전시하고 있다. 이곳에서 만든 맥주를 팔기도 한다.

주소 北海道札幌市東区北7条東9-1-1
전화 011-731-4368
요금 무료
개관 9:00~18:00(11월~4월은 17:30까지)
휴무 연말연시(12월 30일~1월 4일)
위치 JR 삿포로 역에서 도보 20분

숙소

마루코마온센료칸 丸駒温泉旅館

1914년에 시코쓰코 호반에 세워진 유서 깊은 료칸으로, 좋은 경관과 호수 앞 노천온천으로 유명하다.

주소 北海道千歳市幌美内7
전화 0123-25-2341
위치 JR 치토세센千歳線 치토세 역에서 홋카이도주오버스北海道中央バス 시코쓰코한支笏湖畔 행 버스로 42분, 종점 바로 앞

도야코 만세이카쿠 洞爺湖万世閣

도야코 입구에 위치한 현대식 료칸. 실내에는 온수풀과 테니스코트, 마사지 시설 등을 갖추었다. 노천온천과 암반온천 등이 있으며 여성 전용 대온천욕장인 호시노유星の湯와 남성 전용 대온천욕장인 쓰키노유月の湯가 있다. 여름

에는 료칸에서 도야코의 불꽃놀이를 감상할 수 있다.

주소 北海道虻田郡虻田町洞爺湖温泉町21
전화 0142-73-3500
당일입욕 13:30~16:00
휴무 연중무휴
위치 도야洞爺 역에서 도야코온센洞爺湖温泉 행 도난버스道南バス로 도야코온센 주오도리洞爺湖温泉 中央通에서 하차, 버스터미널 바로 옆

오타루 기타운가 가모메야 小樽北運河かもめや

여자들의 독립을 그린 영화 〈카모메 식당〉을 연상시키는 작고 조용한 료칸이다. 여자 혼자 여행하기에 좋은 곳으로 오래된 민가를 개조한 집이다. 가격이 저렴한 탓에 화장실과 세면대를 공동으로 사용해야 하지만 정갈한 음식과 낮에 운영하는 커피숍으로도 젊은이들에게 인기가 높다.

주소 北海道小樽市色内 3-4-4
전화 0134-23-4241
위치 JR 오타루小樽 역에서 걸어서 10분
홈페이지 http://kamomeya.main.jp/map.html

유모토 다쿠보쿠테이 湯元啄木亭

하코다테 시에 위치한 유노카와온센湯の川溫泉
의 중심에 자리잡은 전망 좋은 현대식 온천장.
특히 지상 11층의 노천온천에서 바라보는 다
테야마 산과 바다 풍경으로 유명하다.

주소 北海道函館市湯川町 1-18-15
전화 0138-59-5355
위치 하코다테 시 전철 유노카와센湯の川線을 타
　　고 하코다테 역에서 15분, 유노카와온센湯
　　の川溫泉 정거장에서 하차, 걸어서 5분
홈페이지 www.takubokutei.com

식당

오자시키 이자카야 오후네 お座敷居酒屋 大舟

아사히카와이 명물이 우자시키 이자카야(다다
미 방으로 된 이자카야)의 대명사 격인 곳이
다. 홋카이도의 다양한 해산물을 계절마다 다
른 요리로 맛볼 수 있다. 홋카이도의 사케로도
유명하다.

주소 北海道旭川市三條通6-右6号
전화 0166-22-2295
메뉴 3500엔부터, 안주류 400엔 ~ 4500엔
영업시간 16:00~24:00(일요일, 공휴일은 22:00
　　　　까지)
휴무 매월 1, 3주 월요일
위치 아사히카와 역에서 걸어서 8분

다카라야라멘 たから屋ラーメン

왓카나이 역 앞에 있는 다카라야라멘은 시오
(소금)라멘으로 유명한 곳이다. 국물이 맑고
양이 많다. 차슈도 꽤 크다. 전반적으로 다른
일본 라멘에 비해서 느끼하고 짠맛이 덜 나는
편이다.

주소 北海道稚内市中央2-11
전화 0162-23-7200
영업 11:00~18:30
휴무 화요일(또는 수요일)
메뉴 시오라멘 600엔
위치 왓카나이 역에서 나와 우측 버스터미널 바
　　로 앞

아사히비루원 시로이시 하마나스칸 アサヒビー
ル園 白石 はまなす館

삿포로 시 중심가에서 6km 떨어진 곳에 위치
한 아사히비루원은 일본식 정원이 조성된 삿
포로 시 유일의 맥주공장이다. 양고기를 물에
데쳐먹는 징기스칸 요리와, 공장에서 직접 만
든 생맥주를 마실 수 있는 곳이다.

주소 北海道札幌市白石区南郷通 4 南1-1
전화 011-863-5251
영업 월~금 17:00~21:30, 토·일·공휴일
　　 11:30~ 21:30
휴무 연말연시
위치 삿포로 지하철 시로이시白石 역과 난고나
　　 나초메南郷7丁目 역 사이 걸어서 7분

하루짱스시 春ちゃん寿司

전국적으로 유명한 후라노의 스시집들 중에서
도 잘 알려진 집이다. 일본소 와규로 만든 와
규스시나 산채스시, 와인스시 등과 홋카이도
특산물인 연어스시가 유명하다.

주소 北海道富良野市本町2-18
전화 0167-22-3235

영업 11:00~22:30
휴무 매월 1,3주 일요일(7월 무휴)
메뉴 런치 각종 메뉴 850엔, 나마스시生寿司
　　 980엔
위치 JR 후라노 역에서 좌측으로 걸어서 5분

게야키 けやき

삿포로의 최대 라멘거리 스스키노에서도 가장
유명한 라멘집이다. 한 시간 이상을 기다려야
라멘을 먹을 수 있는 곳으로 삿포로 미소라멘
을 대표하는 집 중 하나다.

주소 北海道札幌市中央区南6条西3 睦ビル1F
전화 011-552-4601
메뉴 미소라멘 850엔
영업 10:30~04:00(일요일 10:30~02:00)
휴무 연중무휴
위치 지하철 스스키노 역에서 걸어서 7분

여행은 끝났다. 2월의 마지막 날, 나는 비가 내리는 도시 가마쿠라鎌倉에서 탐스러운 매화를 보았다. 비와 매화를 끝으로 겨울은 끝났다. 아이들이 그 속에서 뛰어놀고 있었다. 새로운 봄과 여름, 가을을 거쳐 다시 겨울이 오고 눈이 내릴 것이다. 모든 계절이 이렇듯 다르지만 또 이어져 있다.

서울로 돌아와 사람들을 만났다. 설국 니가타를 같이 여행했던 사람들과 만나 일본의 눈과 겨울에 대해 이야기했다. 몹시 즐거웠다. 설국에 가지 못한 오래된 친구들을 만났다. 그들은 일본의 눈을 그리워했다. 눈이라는 순수함에 대한 로망은 중년 남자들에게 소년의 얼굴을 찾아주었다. '노인의 얼굴을 한 소년' 들처럼 친구들은 다음 겨울 그 설국에 가자고 굳게 약속했다.

에필로그를 쓰는 새벽, 나는 한 통의 문자 메시지를 받았다. 내 친구 조성제가 죽었다. 나와 설국을 보자고 약속한 그 나이 많은 소년 중 하나였다. 우리의 약속은 그래서 영원한 약속으로 남았다. 난 2월 중순 쓰루오카의 새벽하늘을 떠올렸고 니가타의 긴 대지를 지키는 나무 한 그루가 생각났다.

모든 깊은 것은 깊은 것에서, 모든 영원한 것은 영원한 것에서 나온다. 하얀 은하수 가득한 검은 하늘. 봄이 오면 사라지지만 겨울이면 어김없이 추운 대지를 오리털처럼 하얗게 따스하게 감싸는 눈. 봄 여름 가을 겨울 그리고 다시 돌아오는 그 모든 깊고 영원한 계절들아, 땅들아, 하늘들아, 그리고 눈들아, 그립고 그립구나.

겨울. 이제 곧 나는 다시 여행을 떠날 것이다.